KB118921

서초동 리그

서초동 리그

주원규 장편소설

네오픽션

차례

만남 7
사회적 타살 14
서초동, 오후 5시 17
본론 27
모비딕 33
위에 있는 권세에 복종하라 46
901호 57
참고인들 67
좋은 길 86
던져진 주사위 92
반부패회의 100
모호한 벽 111
다만 악에서 구하소서 121
반전 130
제물 138
쿠데타 144
팩트 미러링 158
부끄러움 175
서초동 리그 178

작가의 말 184

만남

서초역 4번 출구를 나오자마자 대법원이 백동수의 눈에 들어왔다. 평소에 지겹게 봐오던 곳이라 특별할 것도 없었다. 평일 오후라 사람들의 분주한 움직임도 보기 어려웠다. 문득 백동수는 근처를 오가는 사람들의 표정을 살폈다. 서초동으로 출퇴근을 시작한 지 거의 2년 가까이 된다. 하지만 이런 식으로 평일 오후에 어슬렁거리는 이들의 면면을 살핀 건 거의 처음 아닐까 싶었다. 아니다, 아닐까 싶은 게 아니라 그냥 처음이었다. 백동수가 지금 한가해서라기보다는 곧 맞이할 상황의 낯섦이 작용한 탓이컸다. 백동수는 문득 상당히 궁금해졌다.

'평일 오후 서초동을 오가는 사람들은 누굴까. 서초동 거주자가 아니라면 어떤 목적으로 서초동을 오가는 걸까.'

사람들의 표정을 한마디로 정리하면 무표정, 그 자체였다. 표현 가능한 한도 내에서 그것을 설명하자면 강한 체념과 비관이 만들어낸 표정이라 할 수 있었다. 서류 가방을 들고 법원으로 향하는 사람들, 그들에게는 수많은 사연이 농축되어 있을 것이다. 저마다 복잡한 심경을 한가득 안고 걷는 듯한 중년 남자들, 백동수의 눈에 들어온 그들은 무표정의 결정체들이었다.

스쳐 지나가는 사람들의 무표정, 그 속에는 법의 부정적인 기운이 스며들어 있었다. 백동수는 그것을 무언가에 속수무책으로 압도당한 사람 특유의 설명할 수 없는 살기로 실감했다. 서초동을 찾는 사람들의 표정이 대부분 무표정의 징후를 띠는 것은 그만한 이유가 있을 것이다. 백동수 자신도 2년 만에 찾아온 엄청난 기회일 수 있는 미팅을 앞두고도 영 무표정한 기색이 변할 기미를 보이지 않았으니까.

*

백동수가 4번 출구 근처 예식장 뒤편에 있는 한정식집을 찾은 건 오후 3시였다. 점심을 먹기엔 너무 늦고 그렇다고 저녁을 먹기엔 이른 시간이었다. 계산대에서 잠시 망설이고 있자 지배인은 기다렸다는 듯 백동수를 가장 깊은 곳에 자리 잡은 방으로 안내했다. 백동수는 지배인을 처음 봤지만 그는 백동수를 첫눈에 알아본 모양이었다. 정확하게는 서초동 진출 2년 차에 불과한 서울중앙지검 평검사 백동수를 알아본 게 아니라 백동수가 이곳에서 만나야 하는 인물을 알고 있었을 것이다.

백동수를 호출한 이는 한 중년 남자였다. 그 역시 양복 차림이었지만 재킷과 넥타이는 보이지 않았다. 긴소매 셔츠를 호기롭게 팔 중간까지 걷어 올린 남자는 이미 붉게 상기된 낯빛을 하고서 자작 중이었다. 작은 연회장을 방불케 하는, 아마도 이 한정식집에서 가장 귀빈실일 공간을 혼자 차지하고 소주 한 병을 깨끗이 비운 남자. 그가 바로 대검찰청 특수1부 소속 한동현 부장검사였다.

*

백동수와 한동현의 회동이 이뤄지기 한 시간 전, 대검찰청에는 법조인들이라면 한 번쯤은 흥미롭게 보고 넘어갈 만한 속보가 송고되었다.

메이저 보수 언론은 기본이고 진보에서 연합뉴스 계열의 공보 성격이 강한 플랫폼 미디어에 이르기까지 속보는 일관되게 하나의 사실을 전달한다. 그 속보를 송고하는 데 기자들이 소요한 시간은 넉넉잡아도 20분을 초과하지 않았을 것이다. 첫 속보를 '단독' 타이틀로 어떻게든 재빨리 붙잡은 보수 일간지의 인터넷 기사 헤드라인은 서두른 만큼 보잘것없고 건조했다.

서리풀 공원에서 오전 9시에 숨진 채로 발견. 자살로 추정.

기사를 소개한 기자는 '단독' 타이틀을 거머쥘 욕심에 자살 추정 인물이 누구인지 생략하는 실수를 범해 포털서비스 이용자들로부터 빈축을 사야만 했다. '대체 누가 죽었다는 거야?'라는 의문이 쏟아져 나올 게 분명한 상황이었다. 기자는 재빨리 문제 인물을 표기해 재송고했다. 성급히 쓴 '자살'이라는 표현을 '극단적 선택'으로 변경하는 재치는 덤이었다.

박철균 바이오닉 기업 대표, 서리풀 공원에서 오전 9시, 의식 불명 상태로 발견. 극단적 선택으로 추정.

경찰은 박철균 대표 가족과 주변인을 상대로 정확한 사고 원인에 대해 조사 중.

일반인에게 이 속보는 주목할 만한 뉴스가 전혀 아니었다. 한 인물의 죽음에 경중을 논할 수는 없겠지만 유명 연예인이나 공인이 아니었기 때문이다. 최근 코스닥 상장을 성공리에 마친 벤처기업 대표의 죽음이었으니 주식 투자에 관심이 많은 사람만이 한 번쯤 살펴봤을 뿐, 대중의 큰 관심사가 되기에는 무리가 있었다. 하지만 기자들의 세계, 더 나아가 서초동 검찰청 관계자의 관점에서 봤을 때, 박철균 대표에게 일어난 일의 중량감은 전혀 다르게 다가왔다.

박철균 대표가 죽었다. 그것도 자살. 기자들은 자살 동기를 찾아보기 힘든 인물이 자살하게 된 배경이 과연 무엇일지에 대한 궁금증을 숨기지 못했다. 하지만 그보다 더 기자들의 구미를 당기게 한 것은 박철균 대표란 인물이 법조인과 얽힌 악연의 고리였다. 박철균 대표는 세간에 알려진 대로 단순한 코스닥 상장 기업의 대표가 아니었다. 그의 대표 직함은 명함이었을 뿐이다. 사실상 박철균은 법대를 나온 뒤 줄곧 법조계 언저리만을 맴돌았던 인물이다. 바이오, 생명공학 등에 관해서는 학창 시절 교과서에서 배운 것 이상의 지식은 없었다. 법조계와의 유착이 깊은 경영인. 그런 박철균의 죽음이 누군가에게는 확실한 이야깃거리인 것만은 분명했다.

결국, 백동수의 한동현과의 면담은 그 목적이 처음부터 공개된 것과 다름없었다. 까마득한 선배 부장검사와 평검사와의 급작스러운 만남. 백동수는 이 특별한 회동이 속보와 무관하다는 생각이 들지 않았다. 그래서일까. 여기까지 오는 길에 백동수의 머리에는 내내 한 문장이 떠나지 않았다.

'박철균 대표, 자살로 추정.'

*

"따라 해봐. 이 좆같은 대한민국은 말이야."

"대한민국은……."

"여전히 검찰이 무식한 줄 알아."

"여전히 검찰이 무식……."

"새끼, 순진한 면이 있네. 그걸 다 따라 하고."

"아, 좀 그랬네요. 죄송합니다."

"죄송할 것까진 없고, 그냥 그렇다고. 지겹지? 이런 대화."

부장검사 한동현의 질문이 대답을 요구하는 것으로는 보이지 않았지만 그렇다고 답을 않는 것도 어색해 백동수는 말보다 행동으로 보여주었다. 자작 중이던 한동현의 빈 잔에 술을 채운 것이다. 맑고 투명한 빛의 소주가 한동현이 쥐고 있는 맥주잔에 가득 찼다. 한동현이 백동수의 행동을 흥미롭게 지켜보다 말했다.

"이러니까 무식하다는 소릴 듣는 거라고. 소주를 맥주잔에 부어 마시는 낮술."

"죄송합니다. 다시 올리겠습니다."

"됐어. 대신 공평하게 너도 한잔해. 낮술, 괜찮지?"

"괜찮습니다."

한동현은 백동수 앞에 맥주잔을 놓고 소주를 가득 부었다. 잔이 다 채워지자마자 백동수는 단숨에 잔을 비웠다. 그리고 침묵이 이어졌다. 어색하지만 백동수는 참고 기다렸다. 한동현이 말을 꺼낼 때까지.

"하긴…… 무식의 기준이 뭔 줄 모르니까 무식하다는 말을 서슴없이 꺼내는 거겠지. 기자들이 자기들 뇌피셜로 대충 창작해서 기사 쓰는 거, 그게 무식한 건데."

이 순간 백동수는 뭔가 한마디 꺼내지 않을 수 없었다. 한동현이 백동수를 정면에서 바라보면서 말을 이어갔기에 더는 혼잣말로 치부하고 가만히 듣고 있을 수 없었기 때문이다.

"최근 기사들 보면 가관이란 말이 어울리는 것 같습니다."

"백검, 넌 어떻게 생각해?"

"뭘 말씀입니까?"

"검찰이, 아니지, 우리 서초동이 정말 무식한 것 같냐고."

"글쎄…… 서초동 들어온 지 2년밖에 되지 않아 잘 모르겠습니다."

"새끼, 빠져나가는 기술은 벌써 레전드급이야."

비릿한 웃음을 지은 한동현이 백동수가 따라준 소주를 마저 들이켰다. 백동수가 다시 술을 따르려 하자 손짓으로 가로막고는 자신의 핸드폰을 꺼내 잠금을 해지한 뒤 백동수 앞에 놓았다. 가볍게 던지듯 내려놓자 물잔의 물이 미세하게 떨렸다. 백동수는 그것을 놓치지 않았다.

사회적 타살

한동현과 백동수의 회동이 진행 중인 오후 4시경, 박철균 대표의 시신이 국과수로 넘어갔다. 서초경찰서 경찰들이 유족을 수소문해 사망 소식을 알리려는 사이, 대검찰청 사람들이 발 빠르게 움직인 것이다. 대검찰청 특수3부 정재민 검사의 은밀한 지휘 아래 이뤄진 일이라 경찰 측에서는 시신의 행방을 몰라 우왕좌왕하는 해프닝까지 벌어졌다.

"유족 동의는 받았어?"

부검의의 질문에 정재민이 고개를 가로저었다. 무심한 눈길이 향한 곳은 박 대표의 시신이었다. 부검의가 황당하다는 표정으로 거듭 물었다.

"동의도 없이 뭘 어쩌자고?"

"꼭 칼 쑤셔야 알아보는 거 아니잖아. 하나만 확인해줘."

"뭘?"

"진짜 자살이야?"

"그래, 한눈에 봐도 자살이야."

"자살이 아닐 가능성, 그런 소스나 여지가 있을까?"

"자살로 끝내는 게 아까우니 볼륨을 키울 수 있는 걸 발견해봐라, 이거지? 목적은?"

"목적까진 알 거 없고."

평소 안면이 있는 부검의와 정재민은 익숙하게 대화를 나눴다. 그사이 정재민의 핸드폰으로 한 통의 문자메시지가 왔다. 정재민은 메시지 내용을 확인하기 전에 발신자 이름만 보고도 눈살을 찌푸렸다.

"벌써 이게 몇 번째야. 뭐가 그리 급하다고."

정재민이 투덜거리는 동안 부검의는 벌써 의료용 장갑을 착용하고 박철균의 시신을 이곳저곳 건드리며 말했다.

"청와대에서 직접 꽂아줬다며. 그런데 왜 그렇게 조급하대?"

"몰라. 겉으론 슬로 라이프인 척하면서 완전 월가 직원처럼 사람을 분초로 추궁한다니까."

"시체에서 단서 수집하라는 것도 그 인간 오더야?"

"그래. 자살이 확실한 거야? 딴것 정말 없어?"

"무슨 답을 원해? 이미 말했잖아. 뭐, 살인 스캔들로 부풀릴 수 있는 소스를 억지로라도 만들어내라는 거야?"

"그거지. 어때? 타살 쪽으로 맞춰볼 건더기 좀 있어?"

대충 시체를 만지던 부검의가 이내 장갑을 벗었다. 복도에서는 정재민의 신경을 긁는 소리가 들려왔다. 뒤늦게 따라온 서초

경찰서 경찰들의 검찰을 향한 볼멘소리들이었다. 바깥 소음 때문에 집중하지 못하는 정재민에게 부검의가 짧게 답했다.

"확률로 따지자면 10퍼센트도 안 돼."

딱 잘라 확언한 부검의의 말에 정재민이 고개를 끄덕이고는 부검실 밖으로 걸어 나갔다. 핸드폰을 손에 든 채.

서초동, 오후 5시

오후 5시가 조금 넘었다. 백동수는 맞은편에 앉은 한동현의 반쯤 고개 숙인 모습을 조금은 노골적으로 바라보았다. 한동현은 만취한 상태는 아니었지만 그렇다고 멀쩡해 보이지도 않았다. 얼굴은 물론 목덜미까지 시뻘겋게 상기되어 자꾸만 고개를 떨어뜨렸다. 테이블 위엔 어느새 빈 소주병이 다섯 병으로 늘어나 있었다. 그중 한 병 반은 백동수의 몫이었다.

한동현의 핸드폰이 울렸다. 그가 고개를 들어 맥주잔에 담긴 소주를 마시며 걸려 온 전화를 받았다. 통화 내용이 그대로 들려 백동수는 몹시 어색했다. 그래도 한동현의 통화는 본인이 직접 정황을 설명해주지 않는 이상 무슨 내용인지 그 자초지종을 파악하기는 어려웠다.

통화를 끝낸 한동현이 짧은 한숨을 쉬었다. 백동수는 이번엔 한동현의 빈 잔에 술을 따르지 않았다. 한동현의 한숨이 중요한 제안을 꺼내기 직전에 하는 일종의 의식 같아 보였기 때문이다. 한동현이 말했다.

"속보, 너도 확인했지?"

"네."

"읊어봐."

평소 같으면 똥개 훈련시키나 하는 생각을 품을 법도 하지만 한동현은 백동수가 함부로 대할 수 있는 인물이 아니었다. 올해 전격적인 인사이동으로 대검으로 상승 이동한 한동현은 불과 작년 12월까지만 해도 백동수가 속해 있는 서울중앙지검의 차장검사로 그의 하늘 같은 사수였다. 그랬기에 백동수는 순순히 방금 확인한 기사를 국어책 읽듯 읊었다.

"박철균 바이오닉 대표 오늘 오전 9시 사망. 극단적 선택으로 추정."

"극단적 선택은 지랄, 너 사회적 타살이라고 들어봤어?"

"네."

"박 대표, 완전히 그 과야."

"네? 그게 무슨?"

"백퍼 소셜 수어사이드야. 지가 원해서 죽은 거 아니라고. 권력이 박철균의 숨통을 조인 거지."

한동현이 술에 취한 것처럼 보인 부분이 의도된 연출이란 걸 백동수는 이제 눈치챘다. 더 나아가 평검사에다 서초동 입문 2년 차인 자신을 왜 이곳에 불렀는지도. 하지만 그 어떤 것도 확실하지 않았다.

"박 대표에 대해 어디까지 알고 있어?"

"많이 알지는 못합니다."

"추상적으로 지껄이지 말고, 알고 있는 게 어느 정도 수준인지 정확히 말해."

백동수는 아주 잠깐, 한동현이 원하는 답변 범위에 대해 생각했다. 그리고 생각이 끝나자마자 분명하게 답했다.

"지저분한 정치 스캔들에 얽힌 인물로 알고 있습니다."

"지저분하다? 그렇지. 틀림없이 지저분하지."

말끝을 뭉개듯 말한 한동현은 핸드폰에서 눈을 떼지 않았다. 백동수가 말한 그대로 지저분한 정·재계 스캔들에 얽힌 박 대표의 죽음과 관련한 기사가 쏟아져 나오는 중이었다. 백동수는 핸드폰으로 기사를 검색하고 있는 한동현을 향해 말했다.

"부장검사님."

한동현이 검색을 멈추고 그를 바라보자 백동수는 시선을 피하듯 고개를 숙이며 물었다.

"제게 시키실 일이라도 있으신 겁니까?"

질문을 끝낸 뒤에 백동수는 고개를 들고 한동현을 바라봤다. 프로는 프로라는 생각이 들었다. 방금까지만 해도 크게 취한 것으로 보였던 한동현의 눈빛이 살아났다. 싱싱한 먹잇감을 낚아채기 직전 입맛을 다시는 낚시꾼처럼.

"맥을 잘 짚네. 맞아. 백검이 해줘야 할 일이 있어."

"박철균 대표와 관련된 사건입니까?"

"눈치도 빠르네. 이거 봐."

한동현이 서류철 하나를 백동수에게 건넸다. 백동수는 그 서류를 한 장 넘긴 뒤 더는 확인하지 않았다. 확인해볼 것도 없었다. 자신의 이력이 적혀 있는 파일이니까. 한동현의 확인 사살이 시작되었다.

"지방대 출신, 별다른 배경 없음, 연수원 때 성적은 꽤 도드라졌지만……."

"……."

"금융범죄나 주가조작, 사모펀드, 뭐 이런 쪽 건드리다가 몇 번 기소 뭉개지고 찌그러진 케이스. 그래도 굵직한 똥 닦아본 가락은 있어 비록 2군이긴 해도 서초동에 붙어 있는 꽤 특이한 케이스."

백동수가 옅게 미소 지으며 대꾸했다.

"뒷조사를 제대로 하셨네요."

"제대로 했으니 여기 너를 불렀겠지."

"……."

"백동수, 너 같은 부류는 여기서 돌연변이야. 그런 돌연변이들에게는 빼놓을 수 없는 특징이 있지."

"그게 뭐죠?"

"어떻게 해서든 이너서클하려고 몸부림친다는 거. 본능처럼 말이야. 내가 제대로 봤지?"

"글쎄요. 저는 잘 모르겠습니다."

"까고 있네. 씨발, 내가 니들 같은 부류, 한두 번 본 줄 알아? 뒷배 없이 이 바닥에서 고고하게 버티는 새끼는 없어. 어떻게든 올라가보고 싶고, 검사까지 된 이상 한 번은 끗발 날리고 싶어 안달하는 거. 그게 너희 같은 잡놈들에게 나타나는 본능 같은 거야. 필연적 본능, 틀렸냐?"

"비슷하게는 보셨습니다."

"씨발, 돌려 말하지 마, 새끼야. 그 본능 채우기 전엔 너, 절대 못 물러나. 나는 알아."

백동수는 무언가 말하려 연신 입을 달싹였지만 끝내 입을 다물었다. 자기 확신에 사로잡혀 있는 한동현에게는 어떤 말도 유효하지 않을 거란 짐작 때문이었다.

"그러니까…… 말아. 서초동 리그에서 주전으로 뛰고 싶으면 말이야."

*

임용 직후 지방검찰청 시절까지 다 합쳐 검사 5년 차 백동수는 외부의 평가 그대로 이제 시작하는 평검사가 맞았다. 사법연수원에서 수석이었던 것도 아니고 SKY 출신이나 상위 인맥으로 뭉친 로스쿨 출신도 아니었다. 그렇다고 아예 아웃사이더라고 할 수는 없었다. 조직의 전체 수준에서 보자면 평균에 못 미치지만, 조직의 구색 맞추기에 필요한 다수에 속하는 자. 그것이 대한민국 검사 백동수의 포지션에 대한 가장 적절한 표현이었다. 군대를 제대하고 대학과 로스쿨을 거쳐 가까스로 사법연수원에 들어간 백동수의 이력을 보면 검사 5년 차에 아직 미혼인 것도 자연스러운 상황이었다.

법조인이 자신의 직업을 자신만만하게 타이틀 삼아 결혼으로 신분 상승을 이룬다는 건 옛일이 된 지 오래다. 삼십대 초반의 평검사 백동수는 다른 대한민국 미혼 남성과 마찬가지로 결혼하기 어려운 환경이었다. 법조인이라는 직업이 결혼에 대한 이점으로 작용하기보단 오히려 바쁜 일정 탓에 걸림돌이 될 수도 있었다. 하지만 2년 전, 서초동 서울중앙지검에 들어오면서부터 차츰 상황이 달라지기 시작했다.

학연, 지연 혹은 결혼을 통한 로열패밀리로의 편입, 그 무엇도 가지지 못한 자신이 어떻게 서울중앙지검으로 진입할 수 있었는지 백동수는 지금도 이해하지 못했다. 처음 임관했던 곳은 여주지청이었다. 그곳에서 집행유예, 벌금형에 해당하는 잡범 사건들만 일주일에 50건 이상 처리하던 3년간의 검사 생활이 백동수가 일궈온 법조인 이력의 전부였다. 그런데 어떻게 검찰의 중심이라 할 수 있는 서초동 서울중앙지검으로 올라갈 수 있는지를 두고 처음엔 주변 동료나 선배 검사들로부터 많은 질문을 받았다. 하지만 백동수는 정말 할 말이 없었다. 학교 동문? 교회 인맥? 법조인 가족? 아무리 찾아도 무엇도 없었다. 그리고 그렇게, 특별한 인맥이라고는 없는 백동수는 2년 동안 서초동에서 시간을 보내며 대검찰청 검사들에게서 두 가지 특이점을 발견할 수 있었다.

하나는 백동수, 자신과 같은 애매한 포지션을 가진 대검찰청 내부 평검사들이 자신 말고 두어 명 더 포진하고 있다는 사실이었다. 특수팀, 경제팀, 부패관리팀 등 주요 부서에서 핵심적으로 활동 중인 이들은 모두 학연이든 인맥이든 누가 봐도 확실한 라인이 있었다. 처음 대검찰청에 들어왔을 때 백동수는 그 사실을 확인하고 무력한 좌절감을 느끼기도 했다. 하지만 시간이 지나면서 자신과 같은 처지라고 하기는 그렇지만, 라인이 애매하거나 설명하기 어려운 5, 6년 차 평검사가 존재한다는 걸 확인했다. 물론 동병상련의 처지를 과시하며 이들과 친목을 다지거나 하는 일은 엄두도 내지 못했다. 자칫 잘못하면 그 검사에게 자신도 백동수처럼 제대로 된 인맥도 없이 굴러들어온 돌 취급당했다는 불쾌감을 줄 수 있기 때문이다.

서초동에 어떤 식으로든 발을 담그려는 이들의 이유는 우스꽝스러울 정도로 단순하고 분명하다. 돈 아니면 권력, 이 두 이유는 결국 하나로 수렴된다. 권력이 곧 돈이고, 돈이 곧 권력이 된다. 백동수도 마찬가지였다. 하지만 그들보다 훨씬 절박했다. 어떻게든 많은 돈을 벌어야 했다. 아버지가 뿌려놓고 간 빚이 백동수와 그의 어머니에게 현대판 연좌제처럼 거대한 그늘로 드리워져 있었다. 백동수 모자의 현실을 흔들어온 빚은 평검사에겐 엄청나 보이지만, 3대 로펌으로 점프했을 때는 이야기가 달라졌다. 몇 년 치 연봉만 모아도 단번에 해결할 수 있는 부채였다. 그러니 백동수는 지극히 현실적이고도 절박한 이유로 서초동에 뭉개며 실적을 올리고자 했다. 검사 시절, 서초동에서 확실한 눈도장을 찍어야 국내 3대 로펌에 스카우트될 수 있는 최소한의 조건을 갖추기 때문이다.

이 지점에서 백동수가 발견한 또 하나의 특이점이 나타난다. 백동수는 검사 생활이 지옥처럼 힘들다는 말을 이골이 나도록 들어왔다. 로스쿨 선배들에서부터 시작해 대학 선배, 교수, 현직 법조 관계자들이 모두 입을 모아 말했던 검사직의 공통점은 많은 업무량이었다.

하지만 서울중앙지검은 달랐다. 지옥 같지 않았다. 신기할 정도로 달랐다. 이는 물론 백동수가 여주지청에서의 경험과 단순 비교했을 때 도출된 체감이었다. 업무의 강도 자체만으로 보면 서울중앙지검은 다른 지방과 비교하기 힘들 정도로 높았다. 하지만 지방검찰청에선 가정폭력, 다단계사기, 폭행 기소 등 자잘하고 손이 많이 가는 사건을 주로 다뤘다면 서울중앙지검에 올라와서는 뉴스에 나오는 굵직한 사건들을 다루니 매일 새벽이 되어서야 집으로 돌아가더라도 정신적인 피로감이 덜했다. 또 이력에 남을 수 있다는 성취감이 있었다. 그리고 또 하나, 설명하기 어려운 부분이지만 주요 사건에 접근하는 방식에서 차이가 드러났다.

고위층의 부패, 횡령 혐의 조사, 기업인들의 특별 경제 비리 혐의 조사, 정치인이거나 사회적 이슈 몰이가 충분한 사건들을 주로 다루는 서울중앙지검은 지역 지검의 경우와 사건 배당의 치수나 대응 시간, 배당량에서 현저한 차이를 보여주었다. 범죄 사실이 분명해지면 사건에 바로 뛰어드는 다른 지검과 다르게 사건에 대해 생각하는 시간이 생긴 것이다. 서초동에서는 지금처럼 평일 오후에 술을 마시며 회동할 여유가 있다는 것을 백동수는 2년 동안 줄곧 실감해왔다.

서초동은 사건의 사이즈가 다르다. 한동현이 백동수에게 건넨 '서초동 리그'라는 표현에 담긴 서늘한 결기가 의미하는 바가 거기에 있었다. 서초동 중앙지검에서 배당되는 사건의 사이즈는 하나같이 언론에서 다루지 않고선 못 배길 정도로 자극적이며 시의성 있는 것들뿐이었다. 하나만 제대로 해결해도 언론의 직간접적인 조명을 받을 수 있었다. 특히 정치적으로 민감한 사안은 검찰 조직의 존재감을 부각하는 데 어떤 식으로든 이바지하는 측면이 강하기에 노골적인 적극성을 보여주기도 했다. 하지만 백동수는 이러한 중심 사건 배당에서 미묘하게 떨어져 있었다. 중앙지검에서 보낸 2년 동안 자신이 계속 주변을 겉돌고 있다는 느낌을 받았다. 소위 라인 없는 애매한 포지션의 평검사들 역시 모두 확실한 부서와 역할을 맡고는 있지만, 자신과 비슷하게 겉돌고 있음을 어렵지 않게 발견했다. 서글픈 공통점이었다.

그런 상황에서 백동수에게 '서초동 리그'라는 말은 그의 태도와 마음가짐을 새롭게 하기에 충분했다. 뭔가 다시 시작할 수 있다는 기대가 5년 차 평검사 백동수의 눈과 귀를 뜨이게 했다. 물론 평소엔 제대로 말도 섞지 못하던 한동현 부장검사를 독대하는 중압감에서 비롯된 불안과 긴장 역시 상상을 초월했지만 말이다.

*

"질문 하나 해도 되겠습니까?"

"지금 벌써 묻고 있잖아. 예의 차리지 말고 던져. 편하게."

"방금 말씀하신 건, 그건 혹시 표적수사 아닌가요?"

"너, 그 말이 무슨 뜻인지는 알아? 해봤어?"

"범인을 지목하고 거기에 맞춰 죄목을 찾는 수사, 그걸 하자는 말씀인지 의문입니다. 그건……."

"생각하기 나름 아닌가?"

"예?"

"백검. 넌 지금 어떻게 그걸 하냐고 묻고 싶은 거잖아. 맞지?"

"솔직히 말하면 그렇습니다."

"간단해. 표적수사가 아닌 형태로 접근하면 되잖아."

"……."

"대상 지정하지 않고, 누구든 고발할 수 있도록 제대로 사건 펌프질만 해주면 되는 거야. 그럼 표적수사가 아니지. 이제 답 됐나?"

"네. 이해했습니다."

"자…… 그럼, 다시 본론으로 들어가 얘기해볼까?"

본론

한동현과 백동수는 의외의 장소로 이동했다. 보통 은밀한 뒷거래 내지는 중요한 문제를 논의하는 밀담은 방금 술잔을 주고받던 한정식집 같은 은밀한 장소에서 이루어졌지만, 한동현은 그곳이 답답하다며 백동수를 데리고 밖으로 나왔다. 그가 백동수를 데리고 간 곳은 서초역 2번 출구에서 도보로 일이 분이면 도착하는 스타벅스 매장이었다.

오후 5시 무렵의 스타벅스에는 압도적일 정도로 많은 사람이 있었다. 계산대에는 정장 차림의 남녀 손님이 꽤 긴 대기 줄을 감당하는 중이었다. 한동현은 우선 차가운 얼음물 한 잔만 갖고 오라고 백동수에게 주문했다. 둘이 자리를 잡고 앉은 테이블에 얼음 잔 하나가 놓였다. 주위의 시선을 의식한 건 백동수였다. 그는 매장 안에 검찰 관계자라도 있으면 어떡하나 하는 우려의 시선으로 주위를 둘러보았다. 오히려 한동현은 주변을 거의 의식하지 않았다. 중요한 것일수록 흘리듯 말하는 게 더 무게감을 가진다는 사실을 직접 보여준다는 느낌을 받았다. 하지만 그의 가벼운 말투와 백동수가 체감하는 긴장의 부조화는 분명했다. 한동현이 이야기하는 본론은 백동수에게 감당하기 어려운 무게감으로 다가왔다. 너무 무거워 어떻게 감당하고 반응하는 게 좋을지 쉽게 가늠되지 않을 정도였다.

"간단해."

"그…… 본론이 말입니까?"

"코스닥 상장회사 대표가 자살할 만한 이유가 뭐라고 생각해?"

질문을 받은 백동수는 순간 한동현의 말속에 담긴 의중을 파악하려 애썼다. 그런 백동수의 모습을 망설이는 것으로 판단한 한동현이 말을 이었다. 그사이 스타벅스에 더 많은 사람이 모여들었다. 이제 빈자리가 없을 만큼 사람들이 촘촘히 자리를 차지했다. 백동수는 긴장했다. 이런 곳에서 이런 얘기를 하는 게 괜찮을까, 하는 마음이 강하게 들었다.

"사람은 언제나 죽을 수 있지. 그건 어쩔 수 없는 거야. 문제는 그 죽음을 어떻게 의미 있게 만드느냐에 있어."

한동현이 언제 준비했는지 박 대표의 자살 현장 사진과 동선에 관한 간단한 메모가 적힌 파일들을 보여주었다. 백동수는 빠르게 동선과 사고 현장을 살폈다.

"너무 단순해. 유서나 그 흔한 자살 암시 하나 남긴 게 없어."

"자살은 확실한 건가요?"

"자살 말고는 별로 설명할 것도 없어. 자살한 공원을 들여다보면 말이야. 주변 CCTV만 열 개가 넘어. 벌써 수색했는데 별거 없더군. 그냥 새벽에 운동복 차림으로 공원 철봉에서 목매달아 죽었어. 곧바로 사회면 기사로 직행할 수 있도록 세팅한 거라고."

"그런데……."

"그런데 어떻게 여기서 의미를 만드느냐, 이거지?"

백동수가 자신도 모르게 고개를 끄덕였다. 그 모습에 한동현은 더욱 무표정이 되어갔다. 돌처럼 굳은, 감정을 알 수 없는 사무적인 모습으로 그가 말을 이어갔다.

"박철균이 대규모 펀드를 조성한 거 알고 있지?"

"들어본 적 있습니다."

"새끼, 어디서 약을 팔아. 들어본 적 있는 게 아니라 니가 그거 들쑤신답시고 설치고 다닌 거 다 알고 있어."

"……."

"그러다 걸린 게 모비딕이고. 모비딕을 파헤쳐보겠다고 덤벼들었다가 개망신당하고 찌그러진 거 아니야, 내 말이 틀려?"

한동현은 다 알고 있다는 식으로 고개를 주억거리고는 백동수를 흘겨봤다. 서초동 언저리에 백동수가 눌러앉을 수 있었던 근거 중에는 그의 대규모 금융사기범 소탕 실적이 한몫했다. 유사수신, 대규모 사모펀드, 제3시장을 이용한 자금차입 등을 다단계 방식으로 모집해오던 금융사기 조직을 금융감독원과 협조해 소탕한 사건이었다.

하지만 백동수에게는 동시에 아픈 기억이 있었는데, 그게 바로 박철균 대표가 배후에서 움직이던 모비딕 펀드였다. 모비딕 펀드는 기타 유사수신이나 다단계 금융범죄와는 클래스가 달랐다. 메이저 은행이 판매 안내를 할 정도로 공신력이 있었고, 모집 금액만 조 단위가 넘어가는 규모였기에 일개 검사가 접근하는 건 시작부터 한계가 있었다. 백동수도 냄새만 맡았을 뿐 선불리 건드릴 엄두조차 내지 못한 게 모비딕 펀드의 위용이었다. 그러므로 한동현이 말한 부분에 백동수는 절반의 동의밖에 할 수 없었다. 개망신당하고 찌그러진 건 사실이 아니다. 왜냐하면 실질적으로는 접근조차 못 했으니까. 그때 백동수가 얻은 소득이라고는 모비딕 펀드의 실질적 운용 주체가 공시된 서류상의 회사가 아니라 바이오닉 대표 박철균이란 사실을 파악한 게 전부였다.

현재 모비딕 펀드는 운용 부실로 거래정지가 된 상태였다. 국책산업이라며 군불을 지폈던 소위 메이저 금융사가 앞다투어 발을 뺀 상황인지라 피해는 고스란히 개인 투자자들의 몫이 될 판이었다.

"박철균이 모비딕의 실질 배후였다, 그러니 박철균의 뒷배가 누군지 알아내면 피해자 구제 역시 가능할 수 있다는 식으로 썰을 풀면 어떻게 될까?"

"언론과 여론이 가만있지 않겠죠."

"그렇지. 거기에 맞춰 박철균의 죽음에 뭐가 있다, 여기 음모가 있다는 식으로 흘려주면 관심도는 갑절로 증폭될 것이고. 거기에다 시민단체 하나 감아서 고발 접수받으면 그다음부터는 일사천리인 거야. 아님, 네가 직접 나서도 되는 거고. 현직 검사가 불의를 참지 못하고 고발을 한다? 그것도 이슈겠지."

"……어리석은 질문입니다만, 박철균은 누구에게 외압을 받은 겁니까?"

"그걸 네가 알 필요는 없지. 중요한 건 박철균이 만성적인 압박에 시달렸고, 살아 있는 것보다 뒤지는 게 가족이든 지인에게든 이롭다고 생각하니까 죽은 거 아니겠어? 상황이 이렇다면 당연히 우리는 다음 스텝을 밟아야지."

"그다음 스텝이 뭐죠?"

"표적."

"표적이요?"

"표적을 누구로 설정하느냐에 따라 이 죽음은 창조적인 의미를 담게 될 거야. 역사의 축을 바꿀 정도의 의미라고 할까."

"그렇다면……."

"말해."

"그 표적을 누구로 설정하시려는 건지……."

그때 스타벅스 직원이 짜증 섞인 목소리로 소리치듯 말했다.

"58번 고객님! 따뜻한 아메리카노 두 잔 나왔습니다!"

번호표를 확인한 백동수가 자리에서 일어서려는 순간이었다. 몇 번을 불러도 듣지 않았던 그들의 부주의를 탓하듯 점원이 목소리 톤을 높였기에 주위 시선 중 일부가 둘에게로 향했다. 가게의 특성상 그 여파는 오래가지 않고 대수롭지 않게 지나갔지만, 백동수는 긴장했다. 점원의 외침과 함께 한동현의 입이 열렸기 때문이다. 표적의 이름을 무표정한 얼굴로 말하는 한동현. 그의 입 밖으로 나온 한마디를 백동수는 그냥 넘길 수 없었다. 백동수가 몸담은 조직에서는 누구나 신경 쓸 수밖에 없는 이름이었으니까.

“김병민.”

“……누구요?”

“김병민 몰라? 검찰총장 김, 병, 민. 우리 보스.”

모비딕

임명권자가 지독한 무리수에 가까운 변덕을 부리지 않는다면 2년의 임기가 보장된 검찰총장. 다른 공직은 일반적으로 가장 높은 계급 구조의 상위를 청장으로 표현하지만, 그보다 더 높은 지휘권을 상징하는 듯 유독 '총장'이라 명명하는 검찰. 세계에서 그 유례를 찾아보기 힘든, 기소권과 수사권을 독점한 대한민국 검사 조직의 수장인 검찰총장 현직에 김병민이 있었다.

초임 검사 시절부터 서초동에 머무르면서 정·재계 인사들을 여야 가리지 않고 박살 내던 승부사 김병민. 이후 그는 10여 년의 시간을 유배 아닌 유배 시절을 보낸 이력이 있었다.

대검찰청 업무가 가진 숙명의 성질이라 해야 할까. 검찰 조직의 상징 서초동은 5년 단임제의 대한민국 대통령 직선제가 새롭게 펼쳐질 때마다 좌우 정치 성향과 무관하게 요동치는 특성을 보여주었다. 임기를 제대로 채운 총장이 많지 않은 이유이기도

했다. 그런데 이 격변의 회오리에서 예외인 이들이 있다. 검찰 조직에서 이른바 지붕 위의 지붕인 옥상옥(屋上屋)을 차지한 이들은 서초동 어디든 라인을 구축한 인맥의 귀재들이었다. 가족, 친인척, 지역, 학교, 국회, 청와대와의 라인 등 어떤 식의 연고든 가리지 않았다. 제대로 중심과 얽혀 쉽게 튕겨 나가지 않는 체인을 구성한 그들은 정권 교체를 비롯해 법무부 장관이 누가 되든 상관없이 견고한 기득권을 유지하게 된다.

그렇다면 김병민은 어떻게 된 걸까. 서초동으로 스카우트된 평검사, 무슨 일이든 복잡한 정치적인 관계에 대한 고려 없이 밀어붙이는 저돌적인 그의 스타일과 검찰 조직이 과연 결합할 수 있을까. 그렇지 못했기에 김병민은 그 대가를 톡톡히 치르게 되었다. 평검사 10년 차 되던 해, 유력 중진 국회의원의 비자금 조성 의혹에 대대적으로 달라붙은 항명의 대가로 이후 10년의 세월을 지방검찰청에서 보내게 되었다.

하지만 지방검찰청에서도 김병민은 굵직한 사건들을 고구마 줄기처럼 캐내면서 오히려 언론을 통해 그 명성이 각인됐다. 그 결과 그를 눈여겨봐오던 이번 정권의 수장은 오랜 시간 서초동 감각을 잊고 있던 김병민을 전격적으로 검찰총장 자리에 올려 세우기에 이른 것이다. 김병민 발탁을 놓고 정치인들의 반발은 여야 구분 없이 대대적이었다. 청문회를 통해 별의별 추문과 검증되지 않은 사실들을 쏟아냈다. 하지만 대통령의 의중은 확고했다. 인사권에 있어서만큼은 독불장군이란 평을 받는 대통령은 검찰 조직의 아웃사이더 김병민을 서초동으로 복귀시켰다. 그것도 총장이란 완장까지 붙여서.

여기까지가 백동수가 알고 있는 김병민에 관한 이야기 전부였다. 여론도 김병민의 검찰총장직 수행에 대해 나쁜 반응은 아니었다. 검찰의 견제 기관이라 할 수 있는 법무부는 자신들의 입지 확보를 위해 이곳저곳 수상한 곳을 찔러보기에 바빴지만, 대통령의 의중이 요지부동이니 김병민을 쉽게 찍어낼 수 있는 묘안을 마련하지 못해 난감해하던 상황이었다.

이 지점에서 백동수는 한동현을 의심스럽게, 이해할 수 없다는 표정으로 바라봤다. 그건 당연한 반응에 가까웠다. 왜냐하면 대검찰청 특수1부 부장검사 한동현은 이른바 김병민 사단, 즉 총장 라인이었기 때문이다.

"솔직하게 질문해도 되겠습니까?"

"대체로 질문하고 답하는 과정에서는 거짓보다 솔직함이 낫지."

"……."

"그러니 부담 갖지 말고 솔직히 물어. 어려워하지 말고, 빙빙 돌리지도 말고. 그래야 나도 자네에게 제법 중대한 이 사안에 관해 부담 없이 말할 거 아닌가?"

이치에 맞는 말이었다. 백동수는 확인이 필요했다. 현직 검찰총장을 찍어 누르는 일이다. 그것도 조직 밖이 아니라 조직 안에서. 배후 흐름도 모르는 채로 눈 뜨고 당할 수 없는 노릇 아닌가. 한동현 역시 백동수를 비롯해 서초동 안에서 버티고 있는 사람은 그 누구도 만만히 볼 수 없다는 원칙 정도는 확실히 알고 있다. 그래서일까. 백동수는 이런 식의 중대한 제안을 오히려 사람의 출입이 끊이지 않는 대형 프랜차이즈 카페에서 진행하는 이유를 짐작할 수 있었다. 어렵고 난처한 문제가 들끓는 상황일수록 주위는 시끄럽고 일상적이어야 한다. 평범을 가장할 수 있도록.

한동현이 조장한 주위 환경 덕분에 백동수의 입에서 나오는 질문도 점점 편하고 대담한 방향으로 풀려가기 시작했다.

"우선, 이 사건의 메인은 뭐로 봐야 할까요?"

"그게 무슨 말이야? 메인?"

"모비딕 펀드 수사가 메인인가요? 아니면, 표적수사가 메인인가 해서요."

백동수의 질문에 한동현이 슬쩍 비웃음을 흘리며 답했다.

"냄새를 피워 여론 몰이하려면 모비딕 건드리는 걸 메인이라 봐야겠지만, 까놓고 보면 그건 옵션이겠지."

"모비딕이 옵션입니까?"

"당연한 거 아니야? 1조 원대가 넘는 금융피해 사기 건을 평검인 네가 무슨 수로 해결해?"

"전담팀을 꾸릴 가능성은 없을까요?"

"표적수사가 우선이다, 알겠어?"

"……네. 그러면 왜 총장님을 표적으로 삼아야 하죠? 더구나 부장님은 총장님 라인이잖습니까."

"보스가 고릿적에 날 서초동으로 데뷔시켰으니 내가 총장 라인이다? 그따위 구시대적 발상이 어딨어?"

"표면적으로는 그렇게 알려져 있으니까요. 적어도 특수부에서는 모두 그렇게 알고 있습니다."

"그래서 안심했어? 내가 총장 라인이니까?"

"솔직히…… 가장 확실하다고 생각했습니다."

"총장 자리는 독이 든 성배야. 그 정도는 알지?"

백동수가 차분히 고개를 끄덕였다. 한동현이 그제야 주위를 의식했는지 주변을 한번 둘러본 뒤 빠르게 말을 이었다.

"검찰총장도 두 종류가 있어. 센터에 붙는 놈과 겉도는 놈. 법무부 장관과 충돌하는 케이스는 결국 윗대가리랑도 붙게 되지."

"그렇죠."

"김병민은 어떤 케이스일까?"

"현재는 후자에 더 무게가 쏠린 것으로 알고 있습니다."

"더욱이 김병민을 낙점한 지금 대통령도 아웃사이더야. 지지율은 그럭저럭이지만 여당은 물론 정치판에서 이미 레임덕 상태고."

"그런데 부장님."

"말해."

"김 총장님은 임기가 벌써 1년 가까이 지났습니다. 어차피 대세가 아니라면 그냥 흘려보내면 좋은 게 좋은 거 아닐까요?"

"좋은 질문이야. 상식적인 발상이네."

"예?"

"우리도 그렇게 예상했어. 물 흐르듯 흘려보내면 김병민 카드는 그럭저럭 효과적이라고. 여론에 검찰이 개혁하는 이미지도 심어줄 수 있고, 청와대와의 관계도 괜찮고, 국회 쪽과의 마찰은…… 기득권 싸움처럼 비치겠지만 김병민은 어차피 낙향했다 발탁된 케이스니까 적당한 선에서 중재가 가능할 거라는 계산도 있었고."

"말씀하신 시나리오대로 흘러간 게 아닙니까?"

"그렇지. 그런데 결정적 문제가 있어."

"그게 뭐죠?"

"김 선배가 선을 넘은 거지."

본론으로 들어가는 대목이다. 한동현은 김병민을 총장이란 말 대신 선배로 부르기 시작했다. 순간 백동수의 표정이 굳었다. 예측 불가능한 한동현의 말보다도 그가 보여주기 시작한 진지한 표정이 백동수도 덩달아 긴장하게 했다.

"이 인간이 지금 누구도 예측할 수 없을 만큼 상식에서 벗어나는 짓을 하려는 정황이 보여."

"무슨……?"

"서초동 절반을 죽이려고 든다. 거의 자폭 수준이지."

"같은 식구를요? 어떻게요?"

"털어서 먼지 안 날 수 있나? 지금까지 해온 수사, 기소 관행 하나하나 문제 삼아 법무부 감찰반으로 넘기려 한다는 정황이 포착됐어. 그리고 그중엔……."

잠시 말을 멈춘 한동현의 눈에 억눌린 살기가 엿보였다.

"……나도 있다고. 그러니까, 이 미친 새끼가 개혁한다는 명분으로 같은 식구를 칼질하려 한다고. 완전 개망나니 새끼야."

순간 백동수의 머릿속에 의문이 스치고 지나갔다. 임기도 얼마 남지 않은 총장이 명예로운 퇴진을 준비하기보다는 진흙탕 싸움을 하려는 이유가 뭘까. 하지만 백동수는 이 의문을 바로 한동현에게 토로하진 않았다. 한동현은 자신의 관점에서 답을 규정할 것이기에 그 답이 진실이란 보장은 없었기 때문이다.

말을 마친 한동현이 별말 없이 자리에서 일어섰다. 핸드폰도, 재킷도, 서류들도 그대로 내버려둔 채였다. 갑자기 일어나 빠른 걸음으로 화장실로 들어가는 한동현의 뒷모습을 백동수가 멍하니 바라봤다. 그러다 반사적으로 백동수의 눈과 귀가 한동현이 두고 간 그의 핸드폰으로 향했다. 소리나 진동은 없었지만 액정에 쉴 새 없이 메시지 수신 알림이 뜨고 있었다. 그러고 보니 그가 올려둔 서류에서 언뜻 엿보이는 내용도 심상치 않은 것들 일색이었다. 대검찰청 조직도, 조직원들의 신상, 그들이 담당했던 사건들의 핵심이 간략하게 정리된 내용으로 보였다.

한동현은 얼마 지나지 않아 다시 자리로 돌아왔다. 그즈음이었다. 사람들이 썰물 빠져나가듯 사라졌다. 이제 매장에 있는 사람은 다섯이 채 안 되었다. 한동현이 물기를 닦지 않은 손으로 커피가 담긴 머그잔을 만지며 백동수를 정면으로 바라봤다. 그러고는 낮은 목소리로 물었다.

"내가 포함되었다는 게 어떤 뜻인지는 알지?"

"네. 어느 정도는……."

"그냥 좌천되는 수준을 계획하는 게 아니야. 팀 전체를 날려버리려 한다고. 이렇게 되면 나뿐만 아니라 백동수, 널 포함한 서울중앙지검 특수부 코어들, 그 식구들까지 전부 이혼 전문 변호사로 거듭날 판이야. 지금 시국이 어떤 시국인지 이제 느낌이 와?"

"……."

"더 쉽게 말하지. 네가 이거 안 하면 우리는 그냥 다 죽는 거야. 지금 선택의 여지가 없다고."

"이해하기 어렵습니다."

"뭐가?"

"인사개편 권한은 법무부 장관 권한 아닌가요?"

"농담해? 총장이 팀 날린다는 게 에프엠처럼 정해진 인사개편이라고 생각하는 거야? 팀 날릴 방법은 수십 가지가 넘어. 법무부는 형식이고, 실권은 총장이라고. 더구나 지금처럼 총장이 법무부 빼놓고 대통령하고만 붙어먹으면 더 대책 없는 거라고. 알아들어?"

"법무부가 그렇게 순순히 김 총장님 뜻에 따를 거라고 보십니까?"

"법무부 장관 계속 고민 중일걸. 이 망나니 총장을 어떻게 다스려야 할지. 그런데도 총장, 이 개새끼는 똥오줌 못 가리고 대통령만 믿고 칼춤을 추고 있으니 점점 아수라장으로 가는 거야."

정·재계의 특별 비리 수사를 주로 다루는 특수부 검사들의 경우, 변호사로 개업할 경우 전관예우보다 오히려 견제당하는 일이 흔했다. 이 경우 진로는 뻔하다. 정치권으로 진출하거나, 방송을 타며 인지도를 높여 지저분한 이혼이나 부동산 상담이나 하는 민사 변호사가 되는 것이다. 백동수는 생각조차 해본 적 없는 시나리오였다. 나름의 노력 끝에 기적적으로 들어온 서초동에서 쫓겨나 원치 않는 일을 한다는 것은. 백동수의 복잡한 심경을 예상했다는 듯 한동현이 단호하게 말을 이었다.

"여기까지가 현재진행형인 팩트야. 그러니 어떻게 해야겠어?"

"예?"

"백검, 정신 차리고 내 말 잘 들어. 누구든 나서서 김 선배, 그 돈키호테를 쳐내야지 않겠어? 최대한 모양새 지저분하게 만들어서."

"그런데 왜……."

말끝을 흐리는 백동수를 보며 한동현이 그의 말을 대신 이었다.

"왜 너냐고?"

"전 이런 일에 문외한입니다. 경험도 없고요. 그런데 왜 저인지가 궁금합니다."

"간단해."

무엇이 간단하다는 것인지 알 수 없어 그저 눈만 깜빡거리는 백동수를 향해 한동현이 심드렁하게 말했다.

"넌 받아먹은 게 없으니까."

"받아…… 먹은 거요?"

"박철균, 그 속물 새끼가 너한테까지 찔러준 게 있을 리 없잖아."

백동수는 자신도 모르게 슬쩍 고개를 끄덕였다. 묘한 기분이 들었다. 뇌물수수 방면으로 존재감 없는 검사. 백동수를 수식하는 이 당연한 사실이 그에게 설명하기 어려운 박탈감을 느끼게 했다. 그 미묘한 심리 변화를 읽었는지 한동현이 잽싸게 백동수를 도발했다.

"점핑 안 할 거야?"

"점핑이요?"

"현직 검찰총장의 추악한 이면을 파헤친 평검사로 알려지면 너는 어떤 포지션이 될까? 매스컴의 총애를 듬뿍 받고, 여야 가릴 것 없이 러브콜이 쏟아지는, 보장된 꽃길이 그려지지 않아?"

한동현의 거듭되는 질문은 백동수를 피곤하게 하기는커녕 오히려 머리를 더 맑게 만들었다. 그의 말을 풀어보면 간단했다. 아무 인맥도 없는 백동수가 서초동에 들어왔다. 그래, 어쩌다 서초동으로 들어올 순 있다. 하지만 그다음 디딤돌이 없으면 점프는 고사하고 이전보다 더 낮고 고독한 곳에서 서글픈 야인이 될 수밖에 없다. 전전긍긍하며 방송가를 돌지 않는 이상 그 어떤 기회도 기대할 수 없는 그렇고 그런 법조인으로 내려앉는 것이다. 더욱이 지금처럼 내부 감찰 문제로 인한 낙향은 부패한 검사란 꼬리표까지 달게 된다. 그 경우 검사를 관뒀을 때도 이후 행보가 더욱 암울해질 수밖에 없다. 그런 결말을 피할 방도가 있다면 붙잡을 수밖에는 없을 것이다.

'하지만 그래도 평검사인 내가 어떻게 조직의 수장을 들이받을 수 있지?'

백동수의 그 의문 역시 이미 한동현의 예상 범위 안이었다. 한동현은 그의 생각을 다 안다는 듯이 차근히 말했다.

"서울중앙지검 특수 1부, 2부 포함해 대검 대부분 SKY 출신이야. 나머지 떨거지들도 처가 인맥이든 뭐든 해서 뒤에 어지간한 기업 하나쯤은 붙어 있고."

"……."

"아무래도 몸 사릴 수밖에 없지. 겉모양이야 회사 대표지만 사모펀드 사기꾼 새끼인 박철균, 이 빠꼼이가 그동안 사방에 약 뿌린 게 장난 아니거든. 박철균은 상대가 누구든 쉽게 빠져나갈 수가 없는 덫을 놓은 셈이지. 설령 자기는 깨끗해도 인맥 중에 누군가는 반드시 그 약을 먹었을 테니까."

"……."

"그런데 백동수 넌, 아무것도 없는 빈털터리잖아. 누구한테 빚진 게 없으니 책임질 사람도 없고. 뭐 걸릴 게 아예 없어, 그렇지?"

한동현의 확신에 백동수는 부정도 긍정도 하지 않은 채 닫고 있던 입을 열었다.

"원론적인 질문이지만 박철균과 총장님이 붙어먹었다는 걸 입증할 확실한 증거가 있습니까?"

백동수의 질문에 한동현은 황당하게도 고개를 가로저었다. 그리고 이어진 답변은 그 행동보다도 더 깔끔하고 단호했다.

"접착제 사서 붙이면 되는 걸 무슨 괜한 걱정이야. 게임 한두 번 해?"

백동수는 자신도 모르게 수긍의 뜻으로 고개를 끄덕였다. 하지만 불안한 낯빛은 숨기지 못했다. 그런 백동수를 독려하듯 한동현이 설명을 이었다.

"지금 서초동 분위기 모르지? 돌아섰어, 완전히. 김 총장 수족

들까지. 내가 이러는 것만 봐도 답 나오잖아?"

"……네."

"설명은 끝났어. 내가 굳이 백검을 불러내서 이렇게까지 말한 이유, 서초동이 어떻게 굴러가는지 아는 놈이니 알아들었을 거라고 본다. 그래도 민주주의국가니까, 그 빌어먹을 자유의지는 존중하지. 오늘 밤까지 결정해 텔레그램으로 답 보내놔."

한동현이 자리에서 일어났다. 놀랍게도 이제 매장에 남아 있는 사람은 백동수와 한동현, 둘뿐이었다. 대충 서류를 챙긴 한동현은 그제야 핸드폰을 들여다봤다. 확인하는 그 순간에도 메시지는 끊이지 않고 수신되고 있었다.

"이제 됐지? 그럼 들어가."

"부장님, 잠시만요."

"또 뭐 남았어?"

"한 가지, 매우 중요한 게 남았습니다."

"글쎄, 난 다 털었다고 생각하는데 뭐 또 남았어? 그 매우 중요한 게 뭔데?"

"왜 총장님이 같은 식구들을 향해 칼을 쥔 거죠?"

"무슨 뜻이야?"

"동기가 불명확해서요. 부장님 말대로 이건 그야말로 자폭인데…… 왜 총장님이 그런 무리수를 두는지 이해가 되지 않습니다."

한동현은 백동수의 진심 어린 의문이 담긴 눈을 잠시, 아주 잠시 물끄러미 바라봤다. 하지만 그뿐이었다. 이어지는 한동현의 말은 설명을 하거나 양해를 구하는 성질이 아니었다. 그저 백동수의 마음을 묘하게 짓누르는 몇 마디였다.

"대통령 그 양반, 선택적 노망이야. 총장의 시커먼 속은 모르고 아직 신뢰하고 있으니까 그 기회 잡고 칼춤 추는 거야. 앞뒤 가리지 않고. 힘이 있으면 쓰고 싶은 게 사람이니까."

"그게 전부일까요?"

"물론 모르지. 총장까지 오른 내공이 있으니 다른 꽃놀이패가 있을지도. 아무것도 확실한 건 없어. 그래도 너하고 나한테 확실한 건 있지."

"확실한 것……."

"그냥 주어진 거 받아 일을 철저하게 해내면 된다는 거."

"……."

"서초동스럽게. 알겠어?"

위에 있는 권세에 복종하라

"너희는 모두 위에 있는 권세에 복종하라. 모든 권세는 하나님이 주신 것이니."

대검찰청 신우회 아침 예배 중, 기도 순서를 맡은 부장검사가 읽은 성서 구절이었다. 신학대학원에 재학 중인 전도사이기도 한 그가 구절을 읽을 때, 검찰총장 김병민의 눈썹이 실룩였다. 보는 사람에 따라서 그냥 넘어갈 수 있는, 아예 그런 표정의 변화가 있었는지조차 짐작하지 못할 미미한 변화였지만 전도사의 말끝은 흐려졌다.

전도사가 특별한 이유나 목적이 있어 선택한 성서 구절은 아니었다. 하지만 어느 구절이든 자신이 처한 상황과 접목하고 싶은 게 종교를 믿는 사람의 심리일 것이다. 김병민도 그랬다. 대검의 간부와 지검의 수장들이 대거 모이는 검찰청 특별회의를 30분 앞두고 이뤄진 신우회 예배. 날 때부터 기독교 집안에서 자라고 교육받은 김병민에게 월요일의 신우회 예배 참석은 당연한 의무였다. 성서 읽기도 의례적인 일이었는데, 오늘따라 김병민에게 그 구절이 의미심장하게 다가왔다. 김병민의 눈치를 본 전도사 부장검사가 성서 읽기를 마친 뒤 별다른 설명을 생략하고 다음과 같이 말했다.

"오늘은 시간 관계상 설교는 생략하겠습니다. 다 함께 주기도문으로 마무리……."

"잠시만요."

김병민의 제지에 대검찰청 신우회 소속 검사 서른 명이 일제히 숨죽였다. 어서 마무리하고 대검찰청 대회의실로 이동해야 했다. 인사 태풍에 따른 항명소동, 잇단 검찰 기소처분에 대한 정치적 외압, 부정적인 기류로 흐르는 여론 등 문제 사안들이 산적해 칼끝에 선 상황이라 해도 과언이 아닐 정도였다. 그리고 그 퇴적된 문제들은 죄다 검찰 조직의 풍운아라고밖에 할 수 없는 김병민을 표적으로 겨누고 있었다.

시간 관계상이란 말뜻을 모를 리 없는 김병민이지만 그는 부장검사를 단호한 눈빛으로 바라보며 차분한 말투로 물었다.

"전도사님, 한 가지만 여쭤봐도 되겠습니까?"

"예? 예, 그럼요. 얼마든지요."

"권세는 하나님께서 주신 거라는 말, 동양 사상으로 풀이하면 벼슬은 하늘이 내린 거라고 이해해도 되는 거겠죠?"

"그, 그렇죠."

아니라도 맞다고 대답할 수밖에 없을 정도로 김병민의 말투에는 기이한 압박감이 있었다. 본디 검사라면 타고난 기질이든 반복된 훈련에 의해서든 상대를 압박하는 특징을 다분히 가지게 된다. 하지만 김병민이 유난히 그러한 쪽에 재능이 있는 것은 틀림없었다. 그가 말을 이었다.

"하늘이 내린 자리에 있는 자가 선의를 갖고 결정한 사안에 대해 반기를 드는 건 성서 가르침에 의하면 아주 불경스러운 행위인 것도 맞겠지요?"

"그…… 그렇습니다. 하늘이 내린 권세의 결정은 곧 창조주 하나님의 결정이니까요."

"그런데 그 불경스러운 행위가 권리나 정의인 것처럼 포장된다면, 그때 권세 가진 이는 어떻게 하는 것이 옳을까요."

"하나님이 다스려주실 겁니다."

"음, 하나님이 지나치게 바쁘거나 무관심한 경우라면요?"

"총장님, 그건……."

"농담입니다. 제가 지나쳤네요. 요즘 좀 예민해서 그러니 이해 바랍니다."

전도사인 부장검사는 더 말을 잇지 못했다. 김병민의 질문이 답을 요구하는 게 아님을 알았기 때문이다. 김병민은 이미 답을 알고 있었다. 치기 어린 깨달음일지도 모르지만 더는 신이나 종교, 선의에 기대는 인간적인 마음은 아무런 도움이 되지 않는다는 것을. 그것은 20년 가까이 그가 버텨온 대한민국 검찰 조직에 대한 깨달음과 같았다. 아무것도 기대할 수 없다면 그 아무것도 기대할 게 없는 원점에서부터 다시 시작하면 된다. 김병민의 평소 철학이었다.

법조인으로서 김병민의 삶은 고난 그 자체였다. 거의 20여 년 전, 삼수 사수 반복하면서 신림동 고시원을 전전하다가 여섯 번째에 겨우 사법고시에 합격했다. 연수원 초반 성적은 바닥 언저리를 오갔다. 하지만 판사 임용은 어려워도 검사 코스는 밟아봐야 한다는 주변의 독려로 이 악물고 공부해 검사 발탁까지 어찌어찌해서 이뤘다. 그 후부터 김병민은 미친개가 되어 어떤 일이든 마다치 않고 물어뜯었다. 정치권과 묘하게 얽힌 사건부터 남들이 꺼리는 소위 설거지 사건까지, 상대가 누구든 불문하고 달라붙어 주목을 끌었기에 그 경력으로 총장의 자리에까지 올라온 것이다.

당연하게도 적이 많이 생겼지만 한편 장점도 있었다. 여야 가리지 않고 잡아다 조사해 재판에 부치는 수사를 전문으로 하다 보니 정치권에 두루두루 아는 사람이 많이 생겼다. 단점이라면 탄탄하고 믿음직한 인맥은 기대할 수 없는 상태가 된 것이다. 외부에서 볼 땐 깔끔해 좋아 보이겠지만 세상을 살아가는 삶의 원리는 단순하다. 자신의 등 뒤로 언제 칼을 꽂을지 모를 사람에게는 결코 곁을 내주지 않는 건 일종의 상식이다. 그런 점에서 김병민은 불안했다. 종교의 힘을 빌려 자신의 뒷배는 신, 하나님이란 그럴싸한 종교적 신념으로 무장한 듯 연출했지만, 누군가 언제 자신의 등 뒤에 여봐란듯이 칼을 꽂을지도 모른다는 악몽에 시달리며 그의 속은 검게 타들어갔다. 그 불안은 검찰총장이라는, 검사라면 누구나 한 번은 오르고자 하는 최고의 위치를 차지하고도 지속되었다.

*

신우회 예배가 그렇게 마무리되었다. 전도사는 항상 예배의 마지막을 담당하는 주기도문도 생략하고 서둘러 의식을 끝냈다. 예배가 끝나자마자 김병민이 자리에서 일어나 문밖으로 걸어 나갔다. 현직 검찰총장에 대한 충성심으로 뭉친 수십의 검사들이 김병민의 뒤를 따랐다. 그들 중엔 종교가 없는 이도 있었지만, 총장의 종교마저도 그를 따르는 활동의 일환으로 받아들이는 이도 있었다.

문이 열리자 복도에는 특별회의에 총장을 앞세우고 뒤를 따라가기 위해 대기 중인 한 무리의 검사가 모여 있었다. 검찰총장의 직권으로 서울과 경기권의 지검까지 포함한 부장급 이상의 검사들이 총출동시킨 이례적인 회의였다. 김병민은 이들을 이끌고 단숨에 회의가 열리는 대회의실 안으로 들어섰다. 대회의실 원탁에는 간부급 검사들이 약속이라도 한 듯 검은색 슈트에 검은색 넥타이 차림으로 대기하고 있었다.

하지만 김병민의 눈에 들어오는 건 자신을 따르는 이들의 충성심이 아니었다. 두 개의 빈자리였다. 서울중앙지검장 정호기, 그리고 대검찰청 특수부에 소속된 한동현 부장검사가 공석이었다. 둘 다 정치권과 긴밀하게 줄이 닿아 있는 인물이란 사실이 김병민의 심기를 어지럽혔다. 김병민은 특별회의에 참석한 이들의 표정을 빠르게 살폈다. 조직에 대한 충성심을 확인하기 위한 목적으로 소집된 특별회의에 참석한 이들은 김병민에 대한 예우를 다하고 있었지만, 그는 분명히 알 수 있었다. 그들은 자신을 대우하는 게 아니라 검찰총장이란 직위에 대한 예우를 다할 뿐이라는 사실을. 중앙지검장의 공석은 일종의 항명이었다. 하지만 참석한 이들에게서 그걸 이례적인 사건으로 보고 김병민의 편에서 생각해주는 기색은 찾아볼 수 없었다. 모두 날카로운 적의를 숨긴 채 검찰 조직은 건재하다는 구색 맞추기에만 매달리는 듯 보였다. 경계심이 가득한 얼굴들. 김병민은 자리보전 욕망에 사로잡힌 것처럼 보이는 이들을 보며 '위에 있는 권세'에 대한 생각을 다시금 떠올렸다.

잠시의 상념, 그 찰나의 시간이 지나고 김병민은 바로 표정 관리를 하며 자리에 앉았다. 그렇게 월요일 오전 7시 정각, 대검찰청 특별회의가 시작되었다.

*

"시작부터 마지막까지, 그 뭐랄까…… 집중을 못 하네요. 전혀요."

김병민의 화법에는 독특한 특징이 있었다. 상대가 무례하게 느끼기 쉬운 그 특징은 상대의 말을 중간에서 자르는 행동이었다. 법대 시절부터 고시원을 거쳐 사법연수원까지, 짧지 않은 시간 동안 김병민에게 문신처럼 새겨진 습관이었다. 상대의 말이 자신의 마음에 들지 않을 때, 혹은 자신이 생각하는 원칙에서 조금이라도 벗어난다 싶으면 대화든 발표든 개의치 않고 중지시킨 후 자신의 주장을 개진하는 습관은 이제 고질적이었다.

이번 회의는 분명 의례적인 단순한 회의가 아니었다. 검찰총장 직권으로 전국의 지검장들을 모두 소집시킨 전국 검사장 확대회의 차원의 특별회의였다. 불과 이틀 전, 토요일 오후에 회의 소집을 하달받은 전국의 지검장들에게 월요일 오전 7시 서초동 회의 참석은 경우에 따라선 굴욕감을 느낄지도 모르는 일이었다. 더욱이 검찰총장직 1년 차에 접어든 김병민은 평균 총장 나이보다 족히 열 살은 어린 오십대 초반으로, 베테랑 지검장이 보자면 신출내기에 가까웠다. 게다가 대통령의 이해할 수 없는 총애를 받아 직권으로 총장직에 임명된 그에게는 바람막이가 되어줄 만한 인맥도 없었다. 연수원 기수로 따지자면 다섯 기수가 넘게 후배인 김병민의 호출을 받은 지검장만 다섯 명이 넘는 상황. 김병민이 대대적으로 회의를 소집한 이유에 대해, 그리고 이 회의를 거부한 두 인물의 의중에 대해 궁금증을 품고 있었던 그들은 점차 그 이유를 체감하기 시작했다. 김병민이 고질적인 습관에서 비롯된 행동을 보인 바로 그 순간부터.

김병민이 중도에 말을 잘라먹은 당사자는 수원지검장이었다. 이전 정권 당시 불명예 퇴진한 비서실장의 뇌물수수 혐의가 재심판정으로 인해 다시 문제가 되었다. 그에 대한 검찰 측의 책임 여부를 다루는 브리핑 내용을 김병민은 문제 삼았다. 발표 도중 말을 끊긴 수원지검장의 표정이 창백하게 굳었다. 굳이 그 경직

된 표정을 감출 예의도 보이지 않았다. 그러거나 말거나 김병민이 말을 이었다.

"제가 듣고 싶은 건 말입니다. 재심 건에 대한 우리 조직의 방어 전략이 아닙니다."

"그럼, 대체 뭘 원하시죠?"

"뭐요? 지금 무슨 말을……."

"재심 사건으로 개망신을 당하게 된 우리 조직의 명예를 보호하기 위한 회의와 브리핑이 아니었나요. 그게 아니라면 대체 왜 전국 지검장들을 소집하신 겁니까?"

김병민은 그제야 찬물을 뒤집어쓴 듯 정신이 들었다. 검찰은 당시 아무런 잘못도 하지 않았다. 적법한 절차에 의해 압수수색을 진행했으며, 측근과 가족의 비리를 밝혀 기소처분을 얻었으며, 상고까지 걸쳐 대법원에서 유죄판결을 얻어냈다는 브리핑 자료. 그것을 문제 삼는 그를 향한 수원지검장의 싸늘한 눈빛을 본 김병민은 빠르게 다른 지검장들의 표정까지 확인했다. 김병민의 예측은 주효했다. 자신의 편을 아무도 찾아볼 수 없었다. 하지만 그는 여기서 멈추지 않았다. 수원지검장의 가시 돋친 질문에 대해 김병민은 그를 정면에서 똑바로 바라보며 답했다.

"책임자 문책과 함께 공보 문건 작성 수위를 조절하기 위함입니다. 뼈아픈 자기반성이 녹아 있어야 할 테니까요. 이제 됐습니까?"

"총장님, 지금 책임자 문책이라고 하셨습니까?"

"그렇습니다. 뭐가 잘못됐습니까?"

"그 책임자가 바로 총장님이 엄호하고 힘을 실어주셔야 할 검찰 조직 식구입니다. 그것도 법무부에서 주의 깊게 바라보는 인재 중 하나라고 말씀드리고 싶은데요."

수원지검장은 에둘러 표현했다. 하지만 그 식구이자 당사자는 말을 꺼낸 수원지검장 본인이었다. 그가 바로 비서실장의 뇌물 수수 혐의를 배후에서 지휘한 책임자였다. 김병민은 지검장에게서 눈을 떼지 않으며 답했다.

"재심과 관련된 문제 제기, 상당한 수준의 이유가 있다는 게 전문자문의원단의 의견이었습니다."

"그것도 문제 삼아볼까요? 검찰이 제대로 된 절차를 통해 기소해 유죄판결을 이끌어낸 사건을 새삼 문제 삼는 것도 모자라 그에 대한 수사 당위성을 확보하기 위해 자문위원단을 총장 직권으로 소집하세요?"

상황이 이쯤 되자 다른 지검장들도 동요하기 시작했다. 김병민은 바로 직전의 상황을 떠올렸다. 일사불란하게 자신을 중심으로 자리 배치를 이루고 열 맞춰 앉는 검사들. 그들의 몸에 당연한 것처럼 스며든 익숙한 습관, 그것을 떠올리면 지금의 상황은 낯설기만 했다. 굳이 항명이란 표현을 쓰지 않아도 지검장들의 반발은 총장에 대한 예우의 선을 넘어서고 있었다. 그것도 훨씬.

이번에는 일요일 저녁에 직접 차를 몰고 부산에서 서초동까지 올라온 부산지검장이 발언했다.

"저도 이번 긴급 소집의 목적이 최근 여론과 여권을 중심으로 진행되는 검찰 때리기에 대한 효과적인 방어책을 만들기 위해서라고 알고 왔습니다만……. 총장님께서는 다른 목적이실까요.

간부들의 노력에 찬물을 끼얹으려 하시는 것을 보아 심히 의심스럽습니다."

말의 수위를 조절하지 못한 부산지검장의 화법을 김병민은 다분히 의도적인 것으로 받아들였다. 못 한 게 아니라 하지 않은 것이라고. 정황은 충분했다. 비공개회의라 해도 검찰청 내 회의록에 남게 된다. 그런데도 부산지검장은 김병민을 향해 노골적인 항명의 의미로 점철된 발언을 꺼냈다. 김병민은 그 순간에도 지검장들의 표정을 살폈다. 다른 간부들 역시 부산지검장의 항명 발언에 동의를 표하는 침묵을 유지했다. 다른 의견이나 김병민의 취지와 뜻을 함께하는 발언은 찾아볼 수 없었다. 확인 사살이라고 해야 할까. 김병민은 침묵하는 다수의 지검장을 둘러보며 질문했다.

"다른 지검장들도 그렇게 생각하시나요?"

역시나 회장 안은 침묵만이 감돌았다. 김병민이 목이 조이는 느낌에서 벗어나기 위해 넥타이를 반쯤 풀며 말했다.

"유치한 질문인 건 아는데, 제 취지에 동감하는 분은 결국 아무도 안 계신 거냐 이 말입니다."

"총장님, 본질은 그게 아닙니다."

입을 연 것은 법무부에서 직권으로 파견한 감찰국장이었다. 그는 시선은 지검장들을 향한 채, 김병민에게 말을 던졌다. 김병민이 곧바로 날카롭게 되물었다.

"본질은 뭐죠?"

"이 회의의 본질은 하나입니다. 최근 몇 달간 여론에 의해 절정으로 치달은 검찰 조직에 대한 불신. 그에 대한 해결책을 구하는 것이죠."

"감찰국장님은 그 해결책을 뭐라고 생각하시는데요?

그제야 감찰국장의 시선이 김병민을 향했다. 입가에 부드러운 미소를 머금은 그의 표정을 접한 순간 김병민은 더 회의를 이끌고 갈 필요성을 느끼지 못했다.

"적당한 타협선……."

"무슨 타협이요?"

"총장님이 주장하시는 검찰 조직의 전면적 쇄신, 그 모습을 보여주면서도 조직은 털끝 하나 다치지 않게 하는 묘안을 찾으면 되는 것 아닙니까?"

"그런 묘안이 있습니까?"

감찰국장이 두 손으로 관자놀이를 지그시 짓누르며 말했다.

"희생 제물 하나, 캐스팅해야죠. 별수 있나요?"

"……."

"지금까지 그렇게 해왔잖아요. 서초동 유구한 전통에 따르죠. 우리 모두를 적당한 선에서 지킬 수 있도록 말이죠."

순간 김병민의 마음에선 한 가지 울분에 찬 의문이 치솟았다. 할 수만 있다면 그는 모인 이들 모두에게 이렇게 묻고 싶었다.

'당신이 말한 그 우리 중에 나도 포함된 거요?'

901호

"뭐라고 불러야 하죠?"

"제 이름이요?"

"네. 이름."

"그런 건 됐습니다. 그냥 수사관이라 불러주시죠."

"성도 안 붙이고?"

"검사님 편한 방식으로 하시죠. 그리고 이제부터 검사님 필요한 사안은 뭐든 제게 요청해주세요."

"뭐든지요?"

"네. 요청하시면 10분 안에 가부 여부를 안내하겠습니다."

"잘 모르겠네요. 우선 상황 파악에 시간이 좀 걸릴 것 같은데……."

"제가 뭘 도와드릴까요?"

"음, 지금 상황이 어딘가 어색한 느낌이 강하게 밀려드네요."

"어색하시다니 그럼 제 이름을 밝히죠. 전 김조훈입니다."

자신을 김조훈이라 밝히는 그는 대검 연구관 소속으로 자신을 소개했다. 직함은 수사관, 그중에도 '전문'이란 용어가 붙었다. 대검찰청 전문수사관 김조훈. 명함을 받아 든 순간 백동수는 주위를 한번 두리번거렸다.

월요일 오전 9시. 백동수는 출근한 자리가 영 어색했다. 지난주 금요일에 한동현을 만난 이후 백동수가 출근하게 된 장소는 그에게 낯선 곳이었다. 지청에서 근무하던 시절은 물론 서초동으로 전격 발탁되어 근무하는 동안에도 백동수에게 주어진 사무실은 다섯 평을 채 넘지 않았다. 대학 시절 평교수의 교수 연구실과 비슷한 분위기였지만 다른 점은 초임 검사에게 그 공간은 자신만의 공간이 아니란 것이었다. 피의자가 대기하는 곳이었고, 사무관, 수사관, 담당 구역 경찰들이 끊임없이 오갔다. 군대에서 후임 기죽이기를 하듯 선배 검사들이 불시에 검문하듯 닥쳐 성가시게 굴기도 했다. 그 탓에 백동수의 사무실은 항상 시장 바닥을 연상케 하는 어수선한 느낌으로 가득했었다. 그런데 불과 며칠 만에 완전히 분위기가 달라진 것이다.

한동현과 만남 이후, 백동수는 내내 어정쩡한 태도를 유지했다. 업무와 관련한 열 개 남짓의 팀 단체 채팅방을 제외하면 주말 동안 단 하나의 메시지를 받았다. 한동현이 보낸 것이었다. 짧고, 툭 던지는 듯한 무심함이 묻어 있는 메시지였다. 하지만 내용에 백동수는 상당한 압박감을 느꼈다.

—진행하는 거로 알겠어. 월요일 대검 901호로 출근할 것.

기억을 돌이켜본 백동수는 사실 한동현의 제안을 수락한 적은 없다고 생각했다. 갑자기 검찰총장을 찍어 누르는 목적으로, 조작을 해서라도 표적수사를 진행하라는 명령은 아무리 전 사수인 한동현의 제안이라고 해도 무턱대고 받을 수는 없었다. 하지만 달리 뾰족한 돌파구가 있는 것도 아니었다. 한동현의 제안을 거절할 경우 닥쳐올 파장은 상상하기 힘들었다. 아무리 검찰이 내부 고발이나 조직에서의 자율적인 발언이 용인된 분위기라 해도 그건 어디까지나 표면적인 자율성에 불과했다. 백동수는 그 정도로 눈치 없는 사람은 아니었다. 더욱이 한동현의 제안을 거절하고서도 자신을 지킬 만한 힘을 가진 것도 아닌 입장에서는 다른 도리가 없다고 판단했다.

하지만 월요일 아침, 수많은 인파에 뒤섞여 서초역 2번 출구를 나온 백동수는 2년 동안 익숙하게 출퇴근을 반복하던 그 시장통 같은 사무실 대신 한동현이 지시한 대검찰청 901호로 향하는 엘리베이터에 올랐다. 그러한 일련의 동작을 통해 그는 자신의 마음속 갈등이나 고민이 핑계일지도 모른다고 의심하게 되었다. 진짜 마음, 본심은 다른 곳에 있지 않을까 하는 생각이 백동수의 의식과 감정을 지배했다. 현직 검찰총장의 비리를 파헤치는 수사를 촉발한 평검사. 충분한 쟁점이 되고도 남을 사안이다. 더구나 전 사수이자 가장 확실한 대세 라인을 형성한 대검찰청 특수부의 핵심 인물이 후방 지원을 약속한 상태. 이런 식으로 촉발되는 이슈라면 마다할 이유가 없는 게 아닌가.

한동현의 제안에 이렇다 할 확실한 동조 없이 백동수가 901호를 찾은 진짜 속내에는 단번에 조직 내에서 점프하고 싶은 무명 평검사의 욕구가 강하게 도사리고 있던 것이다.

*

"뭐가 그렇게 어색하세요?"

사십대 중반가량으로 보이는, 나이로 따지면 백동수의 큰형뻘인 전문수사관 김조훈이 물었다. 그와 동시에 김조훈은 테이블 위에 여러 개의 파일과 노트북 그리고 아이패드 두 대를 내려놓았다. 그는 말을 걸면서도 백동수와 시선을 마주하는 일 없이 바로 서류와 노트북 세팅에 들어갔다. 취향도 미리 알았는지 벤티 사이즈의 스타벅스 오늘의 커피도 자리에 세팅되어 있었다.

"할 말이 있었는데, 수사관님의 발 빠른 행동에 잊어버렸네요."

"한 검사님께 말씀 들었습니다. 일단 앉으시죠."

김조훈이 백동수에게 자리를 권했다. 고풍스러운 원목 책상과 책장, 오래된 느낌의 붓글씨를 표구한 대형 액자. 고전적 분위기로 가득한 대검찰청 901호는 90년대 검찰 고위 간부의 집무실을 연상케 했다. 사실 백동수는 그런 분위기가 주는 어색함을 피력하고 싶었다. 하지만 의도된 건지 우연인지는 모르지만 김조훈은 그럴 만한 틈을 백동수에게 허락하지 않았다. 그대로 자리에 앉은 백동수는 파일 속 서류들을 살피다 다소 놀란 표정을 지었다. 김조훈이 자료에 대한 설명을 시작했다.

"박철균 대표와 관련된 직간접적 정황이 담긴 자료들입니다.

박 대표의 공식 활동은 서브로 준비했고 사모펀드 관련 자금 운용 현황과 인프라 관련 자료가 메인이고요."

"통화 내역에 계좌 정보까지 입수했어요? 언제부터 모은 건가요?"

"한동현 부장님께서 3개월 전부터 준비하신 겁니다. 박 대표의 차명계좌, 정·재계 비자금 관련해서요."

"3개월 전부터면…… 박철균이 이런 식으로 죽을 걸 알고 미리 준비했단 말이네요."

"……."

"저 같은 하수는 전혀 모르는 물밑 진행이 있었군요. 박철균을 이용해 덮든지, 터뜨리든지 말이죠. 그게 누구에게 유리한 수가 될지는 모르지만."

"검사님."

"네."

"이제부터 저는 밖에서 대기하고 있겠습니다. 정리되시면 호출해주세요."

김조훈의 설명은 거기까지였다. 그 말을 끝으로 그는 901호를 벗어났다. 문이 잠겼고, 시간은 9시 30분이었다. 백동수는 머리를 한번 크게 갸웃거린 뒤 고개를 숙였다. 그리고 죽은 바이오 벤처기업 대표의 사적인 자료를 검토하기 시작했다.

*

시간이 제법 흘러 12시 20분이 되었을 때, 백동수의 핸드폰으로 전화가 걸려 왔다. 그 순간에 백동수는 서류와 노트북 화면에서 시선을 돌려 창밖을 바라보고 있었다. 벤티 사이즈의 커피는 이미 바닥을 보인 지 오래였다. 대검찰청 9층에서 내려다본 서초동은 삭막함 그 자체였다. 가까이는 사랑의교회가 보였고 멀리는 예술의전당이 보였으니 종교와 예술을 대표하는 건축물이 모두 눈에 들어오는 셈이지만 백동수는 삭막함이 몸을 휘감을 정도라고 느꼈다.

벨 소리가 지겹도록 계속 울리는데도 이상하게 백동수는 받기가 망설여졌다. 자발적으로 901호로 들어왔지만, 발신자 '한동현 부장검사'에게서 걸려 온 전화는 쉽게 받을 수 없었다. 하지만 쉬지 않고 계속되는 호출을 끝내 거부할 수는 없었다.

"네. 부장님."

"전화를 왜 이렇게 늦게 받아?"

"죄송합니다."

"지금 901호지?"

"네."

"김 수사관이 전달해준 자료는 봤어?"

"브리핑을 직접 한 건 아니지만 어쨌든 봤습니다."

"보니까 어때?"

"부장님."

"작업 가능해? 할 만하냐고?"

"그게 말입니다."

"사족은 붙이지 마라. 질색이니까 요점만 답해. 작업 가능해?"

"가능은 합니다. 그런데 접착제를 보여주셨는데 두 종류네요."

"어떻게 다른데?"

"하나는 그냥 대충 갖다 붙이면 쉽게 붙겠지만 그만큼 나중에 너덜거릴 것 같고요."

"그리고?"

"나머지 하나는 아예 제대로 붙어버릴 것 같습니다."

"딱 달라붙어서 조져버릴 자신은 있고?"

잠시 망설이다 백동수는 입을 열었다. 그의 답은 단호했다.

"네. 있습니다."

"그럼 답 나왔네. 후자로 밀어붙여."

"부장님, 저 솔직히 한 가지만 말씀드려도 되겠습니까?"

"말해."

"저한테도 일정 부분 보험이 필요하지 않을까 싶습니다."

"하, 이 새끼 봐라. 제법이네."

한동현의 비웃음이 백동수의 귀에 분명히 박혔다. 그 비웃음의 의미를 모르지는 않았다. 하지만 백동수에게는 확인이 필요했다.

"아시겠지만 제가 잘못 엮이면 선배님께도 피해가 갈 테니까요."

"지금 기사 링크 하나 보냈어. 확인해봐."

"네? 알겠습니다."

"그 기사가 보험이야. 그렇게 알고 일 진행해. 고시 공부한다 생각하고 901호에 틀어박혀서 아예 알파에서 오메가까지 싹 다 정리하고 나와. 그러곤 김 수사관한테 넘기면 그걸로 끝이야."

"……."

"그리고 수사관이 책상 서랍에 뭐 하나 뒀을 거야. 그거 보고 정신 반짝 차려."

"저, 이거 결재서류 같은데요?"

한동현의 말을 듣자마자 서랍을 연 백동수의 눈에 들어온 것은, 평소에도 신물이 나도록 봐온 기소 관련 결재서류였다. 한 가지 특이한 건 공문 내용이 고스란히 빠져 있는 서류였다는 점이다. 서울중앙지검 부장검사, 검사장의 사인이 모두 끝난 결재서류. 하지만 내용은 없는.

백동수가 서류를 확인한 것을 알아챈 한동현이 말을 이었다.

"왜, 백지서류 처음 봐?"

"……처음 봅니다."

"얼씨구, 이 새끼 완전 촌스러운 에프엠이네. 그 백지에다 기소명하고 피고발인 이름 제대로 채워 넣어. 줄 삐뚤어지게 쓰지 말고."

그 말을 끝으로 한동현이 전화를 끊었다. 백동수는 문득 자신의 핸드폰으로 한동현이 보낸 기사 속 헤드라인과 자신이 방금 메모하듯 적어놓은 글씨를 번갈아 살폈다. 섬뜩할 정도로 정확하게 들어맞는 퍼즐이 거기 있었다.

위기의 검찰. 김병민 검찰총장의 개혁 의지에 대한 예고된 항명 조짐.

사면초가에 몰린 김 총장. 남은 건 법무부와 대통령의 의중뿐. 어떤 답이 기다리고 있을까.

이어서 백동수는 자신이 적어 넣은 김병민 검찰총장의 예상 죄명을 봤다.

—고 박철균 바이오닉 대표 관련 뇌물수수 혐의.

—피의자, 현 검찰총장 김병민.

*

사무실 밖에는 김조훈이 대기 중이었다. 굳게 닫힌 901호의 방문 너머로 그가 대기하고 있을지 아닐지 아는 건 물리적으로 불가능했다. 하지만 호출 버튼은 거짓말을 하지 않았다. 백동수의 책상 위에 있는 고전적인 느낌의 사무용 전화기, 사무실 안에서도 거의 모든 호출이나 연락은 핸드폰을 사용하지만, 김조훈의 호출만큼은 그 전화기를 사용해야 했다. 강요하지는 않았지만 김조훈은 그 전화기가 도청이나 감찰로부터 자유롭다고 말했다. 그 말을 처음 들었을 때 백동수는 미묘하게 동요했다.

'대검찰청 사무실 내부가 안전하지 못하다고? 그게 가능한가.'

그렇게 생각하니 공간의 문제가 아니라는 생각이 들었다. 한동현이 개인 핸드폰, 대외용 핸드폰 외에 차명 핸드폰을 하나 더 보유하고 있는 이유도 어쩌면 도청에 대한 불안감에서 비롯된 대비책일지도 모른다는 생각이 들었다.

여러 생각이 들게 하는 사무용 전화기 9번에는 늘 붉은빛이 감돌고 있었다. 김조훈은 언제든 호출하기만 하면 정확히 10초 안에 901호로 들어왔다. 그의 대기 장소는 901호 바로 옆에 있는 반 평 남짓한, 탕비실을 연상케 하는 협소한 공간이었다. 그곳에 있다가 언제든 백동수가 호출하면 한동현이 비밀스럽게 지시한 프로젝트와 관련된 제반 업무를 소화해내는 것이었다. 그리고 김조훈은 백동수에게 자신은 901호 안에서 일어나는 일이나 대화에 대해서 일절 들을 수도 없고 알 수도 없다는 점을 분명히 했다. 아무것도 모르니 자신을 신뢰해도 좋다는 의미가 함축된 표현이었지만 김조훈이 그러거나 말거나 백동수는 신경 쓰이지 않았다.

참고인들

백동수가 901호로 출근한 이튿날, 그가 진행한 업무는 바로 다섯 명의 참고인 조사였다. 놀랍게도 참고인 모두가 정확히 약속한 시각에 대검찰청 901호, 자신의 책상 맞은편에 앉았다.

첫 번째 참고인은 과연 지금 제정신으로 온 것인지 우려되는 사람이었는데, 바로 박철균의 아내 김정희였다.

백동수는 처음에 그녀가 남편의 자살로 인해 정신적 충격이 심할 것이라고 짐작했다. 하지만 착오였다. 김정희는 철저한 사업가였다. 박 대표의 자살을 남편의 죽음으로 애도하기보다는 자신과 관련된 주식과 펀드에 얼마나 손해가 발생할지, 그 동향에 대한 계산이 머릿속에서 돌아가고 있다는 게 느껴졌다. 다행히 이미 검찰총장과 박 대표를 한데 엮으려는 목적에 초점이 맞춰져 있어 참고인 조사의 방향도 그런 식으로 진행될 예정이었다. 백동수는 김정희에게 최근 박 대표에게서 금전적으로 어떤 특이한 변화가 없었느냐는 내용을 위주로 질의했다. 그에 대한 그녀의 답은 놀랄 만큼 건조했다.

“남편의 일 자체가 특이함의 연속이죠. 특기할 만한 일이 빈번하게 있어서 오히려 뭐가 특이했다고 말씀 못 드리겠네요.”

“그럼 다르게 묻죠. 혹시 남편께서 유무형, 어떤 종류로든 협박 같은 걸 받았다고 느낀 부분은 없으셨나요?”

“어떤 쪽으로요? 코스닥 쪽? 아니면…….”

“짐작하실 겁니다. 모비딕 펀드도 있죠.”

“제가 그쪽 일을 잘 몰라요.”

“정말 모르세요? 지금은 좀 가라앉았어도 국회에선 특검까지 하자고 한 번 큰 소동이 있었는데.”

“몰라요.”

단호한 부정은 보통 그 의도가 둘 중 하나이다. 정말 모르거나, 아니면 처음부터 진실에 대해 자물쇠를 잠그자고 결심했거나. 백동수는 당연히 김정희의 의도가 후자임을 간파했다. 허술하다는 생각까지 들었다. 지난해 그녀는 패션잡지에 박철균과 함께 성공한 CEO 부부로 인터뷰했던 적이 있다. 그때 박철균은 천문학적 규모의 모비딕 펀드에 대해 언급하며 펀드의 안정성에 관한 발언을 했다. 백동수는 그 기사를 들이밀까 했지만, 김정희의 굳은 표정을 보고는 참았다. 지금 모비딕 펀드로 공방을 벌이면 오히려 핵심 사안을 놓칠 수 있으리란 판단에서였다.

“박 대표님, 최근 6개월간 마흔 번 넘게 필드에 나가셨어요.”

“네. 자주 갔죠. 그런데요?”

"필드 파트너를 찾아보니 정치인, 공기업 고위직, 행정부 고위 공무원들이 대부분이라서요."

"남편이 정치 쪽으로 관심이 많았으니까 당연한 결과겠죠."

"사업가들은 정치인이나 행정부와 접촉이 많을수록 심적으로 부담을 많이 느낄 수밖에 없는 게 일반적인 케이스라 질문한 겁니다. 남편분이 외출을 부담스러워한 적은 없었나요?"

"……그런 거 못 느꼈어요."

"다르게 하나 물을게요. 남편분이 자금 문제로 고민하던 걸 본 적은 없습니까?"

"늘 그랬죠. 남편은 돈이랑 자기는 떼려야 뗄 수 없다고 항상 말했으니까요."

"네. 그럼 마지막으로 하나만 다시 묻겠습니다. 정말 모비딕 펀드에 대해선 들어보거나 관여하신 적 없습니까? 저희는 가족분들 계좌를 조회할 수도 있습니다."

"계좌 조회라면 얼마든지 해보세요. 남편은 돈을 좋아했지만, 그 돈을 가족에게 흘리지는 않았어요. 돈 문제에 있어서 우린 철저히 독립적인 관계였고요."

그녀의 답은 담백했다. 백동수가 알고 있는 정보, 그 이상도 이하도 없었다. 백동수는 고개를 끄덕이고는 다음과 같이 정리했다.

—가족에게 흔적 남기지 않음.

백동수는 잠시 망설이다 처음에 쓴 문장을 지웠다. 그리고 음각을 새기듯 제법 힘을 주어 다시 적었다.

—가족 관련 수사, 특이점 없음.

*

둘, 셋, 네 번째 참고인은 모두 사실상 형식적인 인물이었다. 박철균의 시신을 발견하고 수습한 지역 지구대 형사, 박 대표의 최측근으로 통하는 상무이사, 마지막으로 그의 운전기사.

두 번째 참고인인 형사는 박철균에게서 어떠한 타살 흔적도 찾아볼 수 없다는 말, 그의 자택을 수사해보려고 해도 검찰에서 별다른 의지를 보이지 않으니 진행할 수 없다는 말을 넌지시, 제법 조심스럽게 흘렸다. 형사는 정치권에 줄이 닿고 싶어 기웃거렸던 상장회사 대표의 죽음에 의혹을 품은 것 같았지만 호기심 이상으로는 나아가지 않았다. 설령 시도한들 백동수가 그걸 좌시할 리도 없었다. 참고인 조사로 형사를 불러주며 한동현이 못박듯 남긴 말을 그는 똑똑히 기억하고 있었다.

'경찰이 절대 못 붙게 해. 검찰 내부에서도 말 많아 미치겠는데, 경찰까지 끼어서 설치게 두지 마.'

*

세 번째 참고인인 상무이사는 박 대표의 아내보다 더 건조하고 사무적인 태도로 일관했다. 최측근이라는 평가가 맞을까 싶을 정도로 박 대표와 별다른 접점이 없다고 말했다. 그의 진술을 요약하면 박 대표는 이력으로 보자면 실리콘밸리 등지에서 잠깐 근무한 경력은 있지만, 그건 어디까지나 서류상의 이력일 뿐 국내에서 벤처기업 설립하고 그 기업을 코스닥까지 상장시키는 동안 회사의 실무에 관여한 적은 없었다고 말했다. 상무이사는 박 대표와 고등학교 동창이었고, 전공은 달랐지만 대학도 함께 다닌 친우였다. 하지만 친우의 죽음을 대하는 그의 표정은, 박 대표 아내와 마찬가지로 피로와 무심함으로 가득했다.

"박철균이 상무님 회사의 대표가 아닙니까?"

"당연한 걸 왜 물으시는지 모르겠군요."

"상무님 진술에 모순이 느껴져서요. 대표가 맞는데 회사 일을 전혀 돌보지 않았다는 게 말이 되나 싶네요."

"회사를 차려놓고 자기 회사에서 특허를 낸 주력 상품 이름도 모르는 수준이라면 말 다 한 거 아닙니까?"

"그런 대표가 어떻게 회사를 상장 기업으로 성장시켰을까요?"

"뭐겠습니까, 그 친구가 어떤 방식으로 자금 조달을 해왔는지 아마도 경제신문 기자들이 저보다 훨씬 더 잘 알고 있을 텐데요."

상무이사는 자신이 말해야 할 부분과 멈춰야 할 부분을 정확히 파악하는 듯 보였다. 경제신문 기자 운운할 뿐, 그 이상의 정보를 말하는 게 자신의 신상에 크게 도움이 되지 않을 거란 계산이 선 것이다. 백동수는 더 이상 제공할 정보가 없다는 느낌의 말을 던진 상무이사의 진술에서 그의 계산을 간파할 수 있었다.

"금감원을 통해 최근 몇 년간 회사의 재무제표를 살펴봤어요."

"어느 회사요?"

"어느 회사는요. 바이오닉, 박철균과 상무님의 회사."

"흠, 네."

“상무님 말대로 형편없더군요. 창업 이후로 한 번도 흑자로 전환된 적이 없어요. 차입금은 갈수록 쌓여가고, 딱히 주목할 만한 수익모델은 없고.”

“가능성 있는 상품들은 있었습니다만 마무리를 제대로 못 지어서요.”

“그런데 투자금은 끊임없이 공급되네요. 이 적자투성이 회사에 말이죠.”

“대표님이 그쪽으로는 능력이 있으셨죠.”

“네. 유능하시더군요. 5억, 10억, 이런 식으로 조금씩 20여 개가 넘는 투자회사에서 분산 공급했어요. 그런데, 이상한 게 보입니다.”

“어떤 점이 이상하다는 말씀이신지…….”

“투자회사가 실체도 불분명하고 발자취도 흐릿해요. 페이퍼 컴퍼니일 가능성이 크다 못해 사실로 보이는데, 지금은 그걸 문제 삼자는 게 아닙니다.”

“…….”

“박철균 대표가 막후에서 실세로 운용하던 모비딕 펀드로부터 자금 공급을 받은 것 같단 말이에요. 페이퍼 컴퍼니로 분산시켜서요. 그렇게 보이지 않나요?”

“자금 조달은 전적으로 박 대표님이 책임지고 담당한 분야였습니다. 저는 관련해서 전혀 아는 바가 없어요. 대표님이 어디서 어떻게 투자 유치를 받았는지, 어떻게 자금을 운용했는지요.”

“그렇군요. 회사의 자금 출처를 간부도 모른다라…….”

"검사님, 제가 주제넘게 한마디만 말씀드려도 되겠습니까."

"얼마든지요."

"저는 현재 급하게 대표이사로 추대된 사모님을 도와 우리 회사를 정상 궤도에 올리는 일만 생각하고 싶습니다. 그런데 만약이 어수선한 분위기가 계속되어 바이오닉이 부도라도 맞으면 모비딕 펀드 때보다 더 큰 투자자 손해가 생길 겁니다. 직원 수백명이 한순간에 실직자가 될 거고요."

"……그래서요?"

"그냥 그렇다는 겁니다. 이후 수사 진행하실 때 그 부분을 한 번쯤 고려해주시면 좋겠네요."

*

네 번째 참고인으로 출석한 운전기사는 수다스러운 인물로, 상무이사와는 전혀 다른 분위기였다. 사람 만나기를 병적으로 즐기고, 정부 관계자, 정치인들과의 커넥션을 위해 술자리 접대, 뇌물에 가까운 선물 공세를 쏟는 구시대적인 방식으로 기업의 몸집을 부풀리려 했던 박철균과 가장 닮은 인물이 바로 운전기사였다. 가장 오랜 시간 박 대표의 곁에서 수행하던 사람이라는 점에서 백동수는 그의 성격을 미리 짐작할 수 있었다.

운전기사는 자리에 앉기 무섭게 박 대표의 자살에 엄청난 검은 음모가 자리하고 있다는 말을 쏟아부었다. 그는 박 대표가 만나는 사람마다 심상치 않은 기류가 흘렀고, 정계 관계자들과의 만남이나 통화, 문자를 통해 기업 명운이 들썩이는 상황이 생겨 박철균이 힘들어했다는 식의 폭탄 발언을 거침없이 쏟아냈다. 하지만 발언을 뒷받침할 증거는 가지고 있지 않기에 그가 하는 말은 실체가 없는 수다에 불과했다. 그러나 운전기사는 작정하고 쏟아내는 자신의 증언에 백동수가 별다른 호응을 보이지 않자 그 사실에 놀라워했다.

“검사님, 이거야말로 정말 폭탄 아닙니까. 저기 윗분들, 유력 정치인, 고위 공직자들이 죄다 박 대표님께 역대급으로 받아먹고 나중에 문제 될 것 같으니까 죄다 나 몰라라 발을 뺐죠. 제가 박 대표님 벤츠를 몰며 그분에게 들었던 정치인들에게 배신당한 이야기만 모아도 어휴, 국회의사당이 날아갈 정도의 스캔들입니다. 심지어 대통령님과도 곧 만나기로 했다고 말씀하셨다니까요.”

“진정하세요. 그게 핵심은 아닙니다.”

“그럼 대체 뭐가 핵심입니까? 검사님, 왜 이렇게 소극적이세요. 대표님이 그냥 자살하셨을 리 없어요. 순전히 권력자들에 의한 타살이라니까요?”

백동수는 슬슬 그가 지겨워지기 시작했다. 급기야 김병민과 박 대표를 뇌물수수로 엮는 것보다 차라리 운전기사가 떠드는 내용처럼 증권사 찌라시나 정치 유튜브 음모론을 대충 조합해 조서를 쓰는 게 훨씬 더 효율적이지 않을까 하는 생각까지 들었다. 그때 운전기사가 백동수의 표정을 더 찡그리게 만드는 말을 던졌다.

“박 대표님 핸드폰 있잖아요. 그거 뭐야, 포렌식인지 뭔지 그

거 안 합니까? 못 풀까 봐 지레 겁먹고 안 하는 거예요?"

*

네 번째 참고인을 보냈다. 이제 다섯 번째 참고인이 오기까지 점심시간을 포함해 세 시간 정도의 공백이 있었다. 전날 저녁과 마찬가지로 점심도 도시락을 요청한 백동수는 먹는 둥 마는 둥 대충 허기만 해결한 뒤 잠시 901호를 벗어났다. 건물에서 나와 시간을 확인하자 오후 1시 20분을 지나고 있었다. 대검찰청 901호에서 하룻밤을 꼬박 지새운 다음 날 오후의 서초동 풍경은 백동수를 묘하게 흥분하게 했다. 이미 점심시간이 지난 서초동 거리는 고요했다. 몇몇 남아 있던 사람들도 서초동에 있는 거대한 건물 속 각자의 자리로 썰물처럼 순식간에 사라져갔다.

백동수는 낯선 핸드폰 하나를 손에 쥐고 서초역 2번 출구 스타벅스를 찾았다. 지난주 금요일 오후에 한동현 부장검사와 만났던 그곳. 점심 손님이 모두 빠져나간 카페는 예상대로 한가했다.

라운지 스타일의 창가 좌석에 벤티 사이즈 아메리카노를 들고 앉은 백동수는 핸드폰의 화면을 열었다. 운전기사가 포렌식 작업 운운한 박철균의 핸드폰이었다. 포렌식 작업은 필요도 없었다. 아내 김정희가 박철균의 핸드폰 비밀번호 패턴을 알고 있었기 때문이다. 미심쩍다 해도 검사가 수사 지휘를 하겠다는 걸 경찰이 막을 수는 없었다. 덕분에 백동수의 손에 들어온 박철균의 핸드폰은 그의 사적 정보를 모두 여과 없이 노출했다.

참고인 조사 틈틈이 백동수는 박철균의 통화 기록, 텔레그램, 카톡, 페이스북 메신저 등의 접선 기록을 살폈다. 사업가답게 통화 기록은 하루에도 수백 통이 넘었고, 연락을 주고받은 그룹이나 상대의 면면도 어지러울 정도로 복잡하고 폭넓었다.

특기할 만한 건 아니지만 박 대표는 숨길 의지가 전혀 없는 것처럼 보일 정도로 유흥업소 여성과 성매매를 즐겼다. 문자메시지로 수신된 카드 사용 내용 대부분이 강남 지역에 있는 룸살롱, 클럽, 안마시술소, 호텔 숙박 기록이었다. 박철균이 하는 사업의 종류가 유흥산업이 아닐까 의심될 정도였다.

백동수는 그 악취미에 눈살을 찡그렸다. 지나치게 많은 빈도의 유흥업소, 성매매 관련 출입 기록. 노골적인 행보였다. 유력 정치인으로 보이는, 청와대 요직에 있는 인물과의 접선 내용도 나름 우회적인 표현을 사용하려 신경 쓴 티는 났지만, 전체 맥락에서 파악하면 그저 성매매와 접대에 대한 음담패설이 주된 화제였다. 하지만 박철균이 자살의 동기로 삼을 만큼 심각한 이야기가 오가거나 신변에 치명적인 위협을 받은 정황이 발견되지는 않았다.

바이오닉은 고질적으로 자금 압박에 시달렸다. 또한, 분기마다 은행으로부터 채권 회수 압박을 받고 있었다. 하지만 그건 어디까지나 표면적인 상태일 뿐, 박철균은 뒤로 막대한 규모의 펀드 자금을 확보한 상태였다. 모비딕 펀드라는 허울뿐인 간판으로 대대적인 투자 유치를 이끌어낸 뒤 그 자금을 밑천으로 바이오닉을 키워온 것이다. 물론 모비딕 펀드가 네트워크마케팅, 다단계 투자에 가깝다는 의혹을 금융감독원에서 끊임없이 제기해왔는데, 검찰이 제대로 수사하지 않는 것에 대한 의혹이 언론에서 심심찮게 등장했다. 때문에 모비딕 펀드는 현재 거래가 정지된 상태지만, 그 정도 부담은 박철균이란 인물의 인생을 좌우할 정도는 아니었다. 자금적인 부분에서 벼랑 끝에 몰린 것이 그에게 드문 일은 아니었기에, 적어도 돈 문제로 목숨을 끊을 인물은 아니라는 게 백동수의 판단이었다.

백동수는 커피를 한 모금 마시고 눈을 비비면서 박철균 대표의 핸드폰 통화 기록을 마저 살폈다. 사실 박 대표의 자살 동기가 궁금하거나, 그 경위를 규명하고 싶은 마음은 특별히 생기지 않았다. 오히려 백동수를 씁쓸하게 하는 건 박 대표와 어울린 인물들의 한심한 면면이었다. 언론에 단골로 등장하며 입바른 소리를 하던 정의의 수호자들, 대한민국 미래를 한껏 걱정하며 도덕적 실천에 있어서 상위 클래스를 자부하던 위인들, 금권과의 유착만큼은 없을 것이라 대외적으로 알려져 있던 인물들이 그 누구도 빠짐없이 박철균과 접점이 있었다. 백동수는 이 어처구니없는 허술함이 의문스러웠다. 한 기업 대표의 핸드폰이 포렌식 과정도 없이 평검사의 수중에 들어왔는데, 그 안에서 유력 인사들과의 접촉이 이처럼 쉽게 확인되는 점이 당황스럽기까지 했다. 그저 우연히 수월한 것이 아니라, 반대로 계획된 게 아닐까 하는 우려도 스쳤다. 한동현이 담당자로 특별히 자신을 지목하고 사건의 표적을 김병민으로 정한 것은 이미 박 대표와 관련된 사건을 모두 파악한 상태로 세운 전략이 아닐까 하는 생각이 들기 시작한 것이다. 그리고 그 예상은 다섯 번째 참고인 대한경제신문 선해용 기자를 만나면서 확실해졌다.

*

"그 문제의 핸드폰 말입니다. 아직 열리지 않았나요?"

오후 3시 정각에 시작된 선해용 기자와의 참고인 조사에서 그가 백동수보다 먼저 질문을 꺼냈다. 첫 질문부터 그는 박철균 핸드폰의 디지털 포렌식 여부를 파고들었다. 이에 대해 백동수는 쉽게 답하지 못했다. 선 기자를 참고인 조사 명단에 추가한 건 김조훈의 아이디어였다.

선해용 대기자. 백동수는 묘한 긴장이 담긴 시선으로 그를 바라봤다. 흔히 법조계와 기자의 관계를 악어와 악어새로 설명하고는 하지만 선해용과 같은 인물은 그 단순한 구조에 속한다고 볼 수 없다. 김병민 검찰총장과 비슷하게 20여 년의 세월 동안 주요 일간지의 정치사회부 기자로 경력과 명성을 쌓았다. 덕분에 역대 대통령은 물론 재계 총수들과도 허물없이 소주 한잔 들이켤 수 있는 인맥을 가진 그는 말 그대로 대기자로, 그에게 줄을 대고 싶은 정치권과 법조계 인사들이 수두룩했다. 그러니 영향력과 파급력에 있어서 그는 단순한 언론인으로 보기 어려운 인물이었다. 이전에 비해 종이 신문의 영향력은 축소되었지만, 언론은 꼭 지면에만 갇혀 있는 게 아니었으므로 여전히 그는 칼럼 한 줄, 방송 출연을 통한 발언 한마디만으로도 유의미한 영향력을 행사하고 있었다.

그래서일까, 보통 사람이라면 긴장할 법한 무거운 분위기가 감도는 대검찰청 조사실에서도 선해용은 사뭇 여유로웠다. 짐짓 위장한 자연스러움과는 그 격이 아예 달랐다. 그런 점이 백동수를 한층 더 부담스럽게 했다.

"한동현 부장검사 알죠? 얘기 들으니까 직속이던데, 나 동현이와 대학 동기예요. 그리고……."

뜸을 들이던 선 기자가 백동수에게 자신의 핸드폰 화면을 보여주었다. 선 기자가 쓴 기사들이었고, 대부분 검찰개혁과 관련되어 있었다. 백동수가 기사에 눈길을 준 사이, 선 기자가 말을 이었다.

"이번 프로젝트의 설계자이기도 합니다."

"프로젝트라고 하셨습니까?"

선 기자가 고개를 끄덕이고는 몹시 담백하게 말했다.

"김병민 총장, 찍어내는 거요."

"대기자님."

"말씀하세요, 검사님."

"박 대표 핸드폰은 어렵지 않게 열었습니다."

"엮을 것들이 꽤 많죠?"

"네. 그런데 그 사람들을 엮는 게 요점이 아니라서 고민입니다."

"정작 이번 프로젝트에 엮어야 할 김병민과는 접점이 안 보인

다, 그 말이죠?"

"그렇습니다."

"그래서 준비했어요."

"뭘 말입니까?"

"일주일 전 통화 내용 살펴봐요."

선 기자의 주문대로 백동수는 박 대표의 일주일 전 통화 내용 자료를 살폈다. 저녁 7시와 8시 사이에 '선해용 기자'라고 저장된 상대와 통화한 기록이 있었다.

"통화, 확인되죠?"

"네."

"문자메시지도 있어요. 확인해봐요."

아날로그적 느낌이 가득한 문자메시지가 두 통 있었다. 분명 자기가 주고받은 메시지인데 선 기자는 내용을 알지 못한다는 듯 태연하게 물었다.

"뭐라고 되어 있죠?"

"평범한 인사말이네요. 앞으로 좋은 협력 관계 부탁합니다. 부담 갖지 않는 선에서."

"잘 읽었어요. 그러면 이제 이걸 들어봐요."

선 기자가 자신의 핸드폰에서 녹음된 통화 내용을 들려주었다. 통화 속 상대의 목소리가 백동수의 신경을 자극했다. 한마디만 들어도 알 수 있는 인물, 김병민 검찰총장의 목소리였다. 녹음된 것은 선 기자와 김병민 총장의 통화였다. 선 기자가 말했다.

"김 총장이 부산지검장 시절일 때부터 저와 통화는 자주 했어요. 아무리 기자하고 친한 게 검찰 빠꼼이들이지만 비정상적일 정도로 말이죠."

"기자님과 통화한 사실 자체가 특별한 건 아니잖습니까."

"제가 어떤 느낌으로 진술하는지에 따라서 달라지겠죠, 안 그래요?"

"……."

"저와 박 대표의 관계, 김 총장과 연관된 고리, 그걸 잘 엮으면 뇌물수수, 업무방해, 재판 개입 등 최소한 언론에서 눈에 불을 켜고 덤빌 정도의 떡밥은 되지 않겠어요."

선 기자는 이미 시나리오를 완성한 분위기였다. 순식간에 백동수에게도 전체 그림의 윤곽이 들어왔다. 선 기자를 통해 박철균이 김 총장과 만남이나 연락을 시도했고, 김 총장에게 금품이나 향응을 제공했다는 쪽으로 기소를 걸어버리는 것. 하지만 불안함이 남았다. 입증하기가 곤란한 상황이기에 백동수는 어리석게 보일지도 모른다는 사실을 감수하고 선 기자에게 물었다.

"팩트가 빠져 있지 않습니까?"

"무슨 팩트?"

"대기자님도 아시다시피 총장님이 박 대표에게 뭔가 받았다는 증거가 없지 않습니까."

"반대로 생각해볼까요. 뇌물수수로 고발한 뒤 그 혐의를 부인하는 총장에게 바로 다른 건을 이어서 붙이면 어떻게 될까요. 그리고 그 다른 건이 훨씬 더 지저분하다면?"

"……."

"다른 건이 뭔지는 알겠죠? 방금 말했던 업무방해와 재판 개입이에요. 현직 검찰총장이 재판 개입에 얽히면 그 자체로 이력에 큰 스크래치가 나죠. 김 총장도 고발의 시그널이 뭔지 정확히 알 거예요. 깔끔하게 옷만 벗으면 기소는 흐지부지된다는 걸 모를 리 없습니다."

백동수는 다시 박 대표의 핸드폰을 바라봤다. 박 대표의 통화 내용 중 저장되지 않은 번호도 상당수 존재했다. 그중 김병민이 있었다는 건가. 입증할 길이 없으니 선 기자의 말을 반박할 수도 없었다. 선 기자가 자리에서 일어서며 말했다.

"동현이가 백 검사님 칭찬했어요. 한번 결단하면 좌고우면 없이 독불장군처럼 움직인다고. 한 5년 지나면 국회에서 볼 사람이라고 하더군요. 그렇게 되셔야죠?"

"……."

"참고인 조사는 여기서 끝내고 적당히 조서 작성해서 고발하고 기소의견서 내요. 결재 어렵지 않게 떨어질 겁니다. 아니, 아니지."

선해용이 말끝에 고개를 젓더니 백동수를 향해 물었다.

"이미 결재 떨어진 거 아니요?"

"아는 바가 있으신가요?"

"정보를 직접 전해 들은 건 없으니, 그저 짐작이요."

"어떤……."

"정황에 입각한 짐작, 그러므로 어떤 면에선 팩트보다 더 확실한. 제가 더 정확히 맞혀볼까요?"

백동수의 침묵에 선해용은 답을 알았다는 듯 고개를 가볍게 끄덕였다.

"백지 결재, 그 종류겠죠."

*

다음 날, 백동수는 특별한 참고인을 불렀다. 처음에 관련 자료를 요청했을 때부터 김조훈은 난색을 보였다. 백동수의 업무 요청에 한 번도 토를 달지 않던 그였지만, 이 마지막 참고인 요청에는 처음으로 어려움을 느낀 듯 되물었을 정도니까.

'이 많은 사람을 전부 참고인으로요?'

마지막 참고인 조사는 김조훈이 언급한 대로 엄청났다. 대표로 부른 이들만 서른 명이 넘었다. 901호가 결코 작은 공간이 아니었음에도 문을 열어놓고 차례대로 한 사람씩 대화해야 했다. 이들은 모두 하나의 공통점이 있었는데, 바로 모비딕 펀드의 피해자들이었다.

서른 명이 넘는 참고인 중에는 지금 당장 길바닥에 나앉게 된 이들도 있었으며, 돈 때문에 가족이 풍비박산 해체된 사람도 많았다. 하지만 그들이 지금 호소하는 충격은 단 한 가지, 바로 박철균의 죽음이었다. 피해자대책위원회 대표로 자신을 소개한 치킨집 사장 한 씨의 발언은 백동수를 혼란스럽게 했다.

"박철균이 이대로 죽으면 안 됩니다."

"……그럼 어떻게 죽어야 한다고 생각하시나요."

"지금 검사님은 뭘 조사하고 싶으세요!"

"네?"

"박철균이 뿌린 뒷돈 받아먹은 뇌물 리스트 받아보는 게 목적입니까? 박철균의 자살 배경에 관심이 있긴 하십니까?"

"박철균은 이미 죽었고, 여러분은 참고인으로 오셨습니다. 제가 묻는 말에 사실만 말해주세요."

"저희한테는 그게 중요한 게 아니니까 이러는 겁니다, 검사님."

검찰 조사실이었지만 이들은 전혀 두려움이 없었다. 전 재산을 잃은 것은 둘째 치고 가족과 일가친척의 돈까지 모두 끌어모아 투자한 사람들이다. 그들에게 가장 중요한 건 최소한의 원금 보존이었다. 하지만 실체가 드러난 모비딕 펀드는 투자금에 대해 아무런 보장도 해주지 않는 사모펀드였다. 투자자들이 손해를 봐도 책임이 없는. 물론 지금 901호에 모여든 투자 피해자들은 원금 보존 책임에 관해서는 어떤 언질도 들은 적이 없다고 했다. 위원회 대표가 붉게 달아오른 눈으로 한마디를 뱉었다.

"검사님한테는 뇌물 리스트 같은 정보가 중요하겠지만 우리한테는 그런 게 전혀 중요하지 않습니다. 전혀요."

"……."

"아무 소득 없을 줄 알지만 이렇게 참고인 조사에 열 일 제쳐두고 찾아온 이유는 딱 하나입니다. 우리 돈 좀 보존해달라는 거예요. 원금만이라도요. 박철균, 이 개새끼가 유령 회사든 가족들 차명계좌든 스위스 은행이든 어디라도 분명 빼돌렸을 재산 몰수해서 피해구제 해달라는 거예요. 그게 안 되면 금융당국이 책임지고 원금 보존해주든가!"

"……저기요."

"알아요. 우리 요구가 이기적으로 보인다는 거. 그렇지만요, 검사님. 우린 차라리 박철균 대표가 부러워요. 우린 죽고 싶어도 죽을 수가 없습니다."

좋은 길

백동수는 핸드폰을 보며 밥을 먹는 습관이 있었다. 현대인이라면 이런 습관에서 자유로운 사람은 거의 없을 거라고, 백동수는 오른손으로 화면을 빠르게 스크롤하며 생각했다. 제법 정성껏 밥상을 차려준 어머니가 맞은편에 앉아 있었다.

아직 미혼인 삼십대 아들이 넥타이를 풀어 헤친 꾀죄죄한 양복 차림으로 어머니가 차려주는 밥을 먹는 것은 특별히 이상할 게 없는 모습이었다. 하지만 법조계 일이 눈코 뜰 새 없이 바빠 본가라고 할 수 있는 어머니 집에 한 달에 한 번 들를까 말까 한 아들이 사전에 아무 기별도 없이 평일 늦은 오후에 밥을 먹으러 온다면 부모로선 분명 당혹스럽고 이유가 궁금할 것이다. 백동수의 어머니가 슬쩍 물었다.

"밥을 안 먹은 거냐, 못 먹은 거냐?"

질문과 함께 그녀는 백동수의 모습도 함께 살폈다. 꼴이 말이 아니었다. 족히 일주일은 면도하지 않은 모양인 듯 덥수룩해진 수염도 그랬고, 머리 역시 오랫동안 감지 않은 게 분명해 보였다. 양복을 갖춰 입지 않았다면 노숙자로 본다고 해도 변명하기 어려운 꼴이었다. 어머니가 말을 이었다. 백동수가 첫 번째 질문에 아무런 답도 하지 않았기 때문이다.

"서초동으로 옮기고부터 사람이 변하는 것 같네."

"어떻게 변하는데, 좋은 쪽으로?"

"물론 그 반대지."

"나는 내가 좋은 쪽으로 변하고 있는 것 같은데."

장성한 아들과 홀어머니의 대화라기에는 둘 다 말투에 가벼운 장난기가 돌았다. 백동수는 어머니와 이렇게 주고받는 대화가 좋았다. 거창한 의미를 부여하는 것은 아니지만 긴장이 풀리는 느낌이었다. 대학시험을 보고 왔을 때, 사법시험 면접을 보고 왔을 때, 사법연수원 최종 테스트를 마치고 나왔을 때도 백동수는 가장 먼저 어머니를 찾았다.

고등학교 때까지 백동수는 평범하게 살았다. 공부도 그럭저럭 잘했고, 가정환경도 나쁘지 않았다. 하지만 진부한 신파처럼, 그런 평범한 중산층 가정에 그늘이 드리우고 나락으로 추락하는 건 순식간이었다.

대기업 자동차 그룹의 협력 업체 과장으로 근무하던 아버지가 갑작스럽게 구조조정을 당했을 때만 해도 억대 퇴직금으로 어떻게든 삶을 꾸려가는 건 가능할 거라고 가족 모두 생각했다. 그래 봐야 아버지, 어머니 그리고 백동수, 세 식구의 삶이 전부였으니까. 하지만 창업 준비 과정에서 권리금 사기로 퇴직금의 절반을 잃게 되면서부터 불길한 그림자가 점점 선명해지기 시작했다. 가진 게 많지 않은 사람은 경제적 기반을 잃으면 잃을수록 판단력이 급격히 떨어지는 법이다. 아버지 역시 잃어버린 돈을 만회하려는 일념으로 다단계 유사수신에 뛰어들었다. 폰지사기라고도 불리는, 고수익을 미끼로 투자금을 모은 뒤 결국엔 개미 투자자들에게 어떤 보상도 해주지 않고 잠적하는 전형적인 금융사기. 그 함정과도 같은 금융범죄에 빠져든 뒤로 아버지는 걷잡을 수 없는 고통에 시달리게 되었다.

처음부터 다단계 유사수신임을 알고 시작한 일은 아니었다. 유명 정치인이 펀드 발기인으로 이름을 걸었고, 금감원에서도 양호 판정을 받은 건실한 펀드라는 자부심마저 있었다. 몇몇 국책 기관과 메이저 은행에서도 지급보증 운운하며 펀드의 안정성을 홍보했다. 평생을 자동차 부품 제작에만 매달려 살았던 아버지로서는 도저히 의심할 구석을 찾을 수 없었을 것이다.

그로 인해 맞이한 결말은 상상 이상으로 끔찍했다. 중간 직책의 금융사기범으로 몰려 천문학적인 추징금과 함께 실형이 선고되었다. 대표와 핵심 요직에 있던 사기범들은 미국을 비롯한 해외로 도피한 상태였지만, 검찰이나 경찰 당국은 말만 번지르르할 뿐 그 흔한 해외 인터폴 공조 한 번 요청하지 않았다. 결국 모든 법의 굴레는 아버지가 짊어져야 했다. 항소심을 거쳐 대법원 판결까지 갔을 때, 다행히 일부 무죄판결을 받고 석방되긴 했지만, 징벌적 추징금은 어떻게 할 도리가 없었고 그로 인한 정신적 충격과 스트레스가 아버지의 삶의 의지를 꺾어버렸다. 이후, 아버지는 지병인 심근경색이 급격히 악화해 결국 죽음에 이르게 되었다. 하지만 백동수는 아버지 죽음의 원인이 심근경색이라고 믿지 않았다. 의심의 여지 없이 그 거액의 추징금 때문이었다.

과거에 백동수는 몇 번이고 고민했다. 만약 자신이 그때 아버지의 입장이었다면 아버지와 다른 선택을 할 수 있었을지. 자신 없었다. 정치권과 법조인, 국책 기관이 모두 지지 의사를 뚜렷이 밝히는 펀드다. 은행이나 주식보다 확실한 수익을 보장해준다면 가족을 위해 그 펀드에 투자하고 의욕적으로 활동하지 않았을까. 그 유혹을 뿌리칠 수 있을지는 누구도 장담할 수 없을 거라고 백동수는 결론을 내렸다. 그리고 그 생각은 지금도 변함없었다.

그렇게 고등학교 때 사건을 겪고 난 뒤, 백동수는 어머니와 함께 아버지가 남기고 간 막대한 부채를 짊어지게 되었다. 오랜 시간 동안 백동수에게 어머니는 친한 친구였으며, 자신에게 주어진 숙명의 동지 같은 존재였다. 아버지 사건 이후 어머니는 빌딩 청소, 식당 일 등 온갖 허드렛일을 닥치는 대로 했고, 백동수 역시 검사로 임용된 지 몇 년 안 되어 신용으로 가능한 모든 대출을 끌어모아 지금의 전세 아파트를 가까스로 마련할 수 있었다. 이 정도면 그때의 충격에서 벗어날 수 있다고 볼 수 있을까. 백동수는 전혀 그렇게 생각하지 않았다. 지금도 어머니는 일을 멈추지 않았다. 남아 있는 아버지의 빚을 청산하는 과정이 끝나지 않았기 때문이다.

어머니가 다소 불안한 눈빛으로 백동수를 바라보며 말을 걸었다. 평소 심각하거나 진지한 이야기는 되도록 피하는 모자 사이였지만 지금은 조금 분위기가 달랐다.

"동수야, 너 말이야."

"무슨 말 하려고 목소리를 깔아. 심각한 얘기 하려고?"

"심각한 얘긴가? 글쎄, 서초동에서 나오고 싶으면 나와도 된다고."

"갑자기 왜 그래?"

"네가 많이 지쳐 보여. 힘들면 애써 있을 필요 없어."

"엄마."

"응."

"지금 그만두면 아무것도 안 돼. 이 상태로 로펌 들어가봐야 얼마나 벌겠어."

"돈은 신경 쓰지 말고."

"어떻게 신경을 안 써. 엄마도 항상 잔뜩 신경 쓰고 있잖아."

"……."

"이번에 내 머리카락 좀 빠지는 거랑 사건 하나 바꾸고 나면 상황이 많이 달라져."

"……어떻게?"

"좋은 쪽으로, 좋은 길로."

독백과도 같은 백동수의 말에 어머니는 아무 반응도 보이지 않았다. 차마 희망찬 표정을 지으며 고개를 끄덕일 수 있는 상황은 아니라고 느낀 것 같았다. 백동수는 지금 하는 일도 이전 사건 케이스들과 크게 다르지 않다고 스스로를 타일렀다. 다시 밥을 먹으면서도 여전히 시선을 핸드폰 뉴스 기사에서 떼지 않은 채로 백동수는 속으로 되뇌었다.

'좋은 쪽으로 가는 거라고. 그렇게 믿어야 한다고.'

던져진 주사위

대검찰청 901호에서 꼬박 일주일이란 시간을 보냈다. 그 일주일 동안 백동수는 오로지 조서 쓰기에만 매달렸다. 사법연수원 때 배웠던 원칙은 깡그리 뭉개진 방식이었다. 법대는 물론 연수원에서도 교수들은 백동수를 비롯해 첫 법조인의 꼭지를 떼는 이들에게 수사와 기소는 책상에서 하는 게 아니라 눈과 발로 이뤄내야 한다는 말을 수없이 반복했다. 하지만 901호에 틀어박힌 백동수는 대한민국의 검찰 역사의 한 줄기를 비틀고도 남을 중차대한 사건 수사를 책상 위에서만 일궈냈다.

다섯 명의 참고인, 박 대표의 통화 기록과 계좌, SNS 사용 흔적, 회사와 가족 관계에서 그가 보인 일련의 태도, 그 자료들이 백동수가 작성하는 조서의 핵심 뼈대를 구성하는 건 아니었다. 지저분하고 산발적인 증거 자료들을 규합할, 화룡점정이 되는 한 방이 필요했다. 여야 가리지 않고 닥치는 대로 뒷돈을 뿌려 비빌 언덕 만들어보려다 자살한 기업인과 현 검찰총장을 엮을 수 있는 한 방. 백동수의 직속 선배라고 자임하는 한동현은 기소할 수 있는 그림만 존재하면 된다고 분명한 기준선을 제시했다.

'조서에 한 방만 제대로 넣어. 기소 가능한 그림, 그 그림이 그려져 재판만 들어가면 게임 끝이야.'

'재판에서 뭉개지면 어떡하죠?'

'어떤 요지의 질문이야? 네 개인적인 이력에 흠집 날지도 모른다는 염려야? 아님, 전체적 후폭풍을 말하는 거야?'

'두 경우 모두입니다.'

'일단 네 이력에 흠집 날 일은 없어. 따지고 보면 무리한 기소도 아니잖아. 박철균이 뿌려댄 밑밥을 대충 훑어보면 한 다리만 건너도 대한민국에서 안 걸릴 놈이 없어. 얽힌 놈 중에 누군가는, 아니 대부분이 구린 구석이 있을 테니까. 그 인물이 김병만 총장이라고 네가 확신했다고 한들 무리한 기소라고 볼 순 없지.'

한동현의 그 말, 어쩌면 그 말 하나 믿고 뛰어든 것인지도 모른다. 하지만 검사는 조직에 속한다 해도 본디 철저히 개별적인 존재이기도 하다. 한동현의 명령이라 해도 보증 없이 오물통에 뛰어들 정도로 백동수가 무모한 종자는 못 되었다. 다르게 보면 속칭 잡것의 과민한 두려움인지도 몰랐다. 든든한 인맥이나 뒷배가 없는 백동수와 같은 존재는 혹시라도 조직의 중심 라인을 탄다고 해도 자신이 언제든 배제될 수 있다는 불안에서 체질적으로 벗어날 수 없다. 한동현 역시 백동수의 그 까다로운 잡것의 성향을 파악하고 적절한 때 그가 탐낼 수밖에 없는 카드를 꺼낸 것이다. 카드를 사용할지 아닐지 선택은 백동수에게 맡긴 채로.

'현재 판세는 김병민에게 절대 불리해. 서울중앙지검은 물론이고 검사장 대부분도 돌아선 분위기야. 김병민은 사실 여론과 대통령 측근이라는 빽만 믿고 개긴 새끼야. 하지만 결국 조직의 지원 없이는 아무것도 못 하다가 짓밟히는 게 검찰 조직의 생리란 걸 모르지 않을 거란 말이야. 이 상황에서 내가 만약 너였다면 어떻게 행동할까?'

'외람되지만 선배님과 절 단순 비교할 순 없다고 생각합니다.'

'단순 비교를 왜 못 해?'

'부장님과 전 출신 성분 자체가 다르지 않습니까.'

'대가리 존나 못 굴리네.'

'네?'

'라인 타는 거에 있어서 대학, 지역은 그냥 기본 베이스야. 그걸 받쳐줄 기량이나 똘기가 없으면 점핑 못 하는 게 조직 생리란 거 알아 몰라. 그 점에서 단순 비교해야지.'

'…….'

'내가 단지 S대 영남 출신이라 서초동에서 부장검사 타이틀 달고 버티는 줄 알아? 개인플레이로 사고 하나 제대로 쳐서 눈도장 찍어야 이너서클하는 거지.'

사실에 입각한 한동현의 말에는 설득력이 담겨 있었다. 한동현과 비슷한 환경과 인맥의 검사는 많았지만, 그들 모두가 서초동 입성에 성공하는 건 아니었다. 정치권 인맥 형성 역시 한동현이 말한 대로 특출 난 개인플레이로 역량을 보여주지 않으면 소용없었다. 따지고 보면 현 검찰총장인 김병민 역시 독보적인 개인플레이와 여론의 지원, 현직 대통령의 총아라는 프리미엄이 덧입혀져 오른 자리였으니까.

한동현의 설계지만 결국 선택은 백동수의 몫이었다. 현직 검찰총장을 기소하는 평검사. 이 계획이 성공한다면 백동수를 앞세워 검찰총장을 끌어내리려고 시도한 배후 세력은 소기의 목적을 달성하는 것이고, 비록 얼굴마담인 걸 모르는 관계자는 없겠지만 그래도 사건의 중심 인물인 백동수의 존재감과 조직 내에서의 입지 상승은 보장된 카드인 것이 분명했다. 그것을 위해 백동수는 우선 901호에서 일주일 동안 칩거하며 온갖 창의력을 동원해 공소장을 작성해냈다. 그리고 또 하나의 카드도 준비했다. 김병민 검찰총장 기소를 위한 첫걸음이었다.

*

주사위는 던져졌다. 서초동 예술의전당 인근에 자리 잡은 자신의 오피스텔이 아니라 어머니의 집으로 와 밥을 먹는 백동수는 이미 현직 검찰총장을 뇌물수수 혐의로 고발한 상태였다.

그러니 백동수는 밥을 먹으면서도 기사를 볼 수밖에 없었다. 신문마다 지향하는 고유의 성향과 이념 때문에 뉘앙스에서 차이를 보이긴 했지만 대체로 충격, 파격, 전격 등의 단어가 총장의 이름 옆에 함께했다. 더군다나 청렴결백한 이미지였던 검찰총장의 뇌물수수 혐의가 그 뇌물을 제공한 이의 자살과 얽히자 기사의 헤드라인만 봐도 이미 김병민은 파렴치한 부패 공직자의 전형 같은 분위기를 풍겼다. 기사 인용 횟수만도 엄청났다. 백동수가 고발장을 서울중앙지검에 제출한 시간대가 당일 오전 9시였다. 현재는 오후 4시. 대략 일곱 시간 만에 쏟아져 나오는 기사는 포털에 과부하를 일으킬 만큼 가공할 만한 흐름을 보였다.

여론은 팽팽했다. 몇몇 언론사는 그 짧은 시간에 현직 검찰총장 찍어내기라는 주제로 다양한 표현과 수사를 동원해 사설과 의견을 개진했지만, 정반대 여론도 기다렸다는 듯 쏟아졌다. 아울러 백동수란 이름 석 자가 슬슬 고개를 들기 시작했다. 검찰 조직 내부와 협의한 바 없는 평검사의 독단적인 고발이라고 대외적으로 알려졌기에 검찰 사상 초유의 사건이라는 평가가 대부분이었다.

백동수는 좀 더 복잡하고 빠른 손짓으로 어느새 검색어 상위권에 링크된 자신의 이름과 관련된 기사들을 검색하기 시작했다. 그때 텔레비전을 보던 어머니가 갑자기 우려 섞인 목소리로 말을 걸었다.

"동수야, 너 정말 괜찮은 거냐?"

"괜찮지 않을 건 뭔데?"

"뉴스에 네가 나와."

백동수는 핸드폰에 고정돼 있던 시선을 텔레비전으로 향했다. 익숙한 서초동을 배경으로 앵커가 자신의 이름을 말하고 있었다.

이번 김병민 총장 뇌물수수 의혹과 관련하여 논란이 분분한 가운데, 김병민 총장을 고발한 서울중앙지검 특수2부 백동수 검사는 현재 연락이 닿지 않는 상태라고 관계자들이 밝혀 궁금증이 더욱 증폭되고 있습니다.

"이래도 괜찮다고?"

백동수는 어머니의 진심 어린 걱정을 마주하자 상황을 거짓으로 꾸미거나 농담으로 풀 수 있는 여지가 없다는 것을 알았다. 뉴스마다 백동수의 이름과 함께 그의 연수원 시절 증명사진이 계속 송출되었다.

백동수 검사의 잠적, 그 이유는?
평검사가 현직 검찰총장을 고발할 수 있는가?
앞으로의 법적 쟁점은?

어머니가 채널을 빠르게 바꿔봤지만, 종편을 포함해 평일 오후 방송은 온통 백동수와 김병민, 두 사람의 이름만 반복할 뿐이었다. 마음을 가라앉혔는지 어머니가 담담하게 백동수를 향해 입을 열었다.

"우리 아들이 이런 식으로 주목받을 줄은 몰랐네. 아무튼, 너는 괜찮다는 거지?"

"……엄마."

"아들, 엄마를 부를 게 아니라 대답부터 시원하게 해야지."

“그건 답할 필요도 없지. 당연히 괜찮으니까. 그보다는 예전부터 묻고 싶은 게 있었어.”

어머니는 확실히 현재 상황이 심상치는 않다고 느끼며 아들의 말을 기다렸다. 백동수가 어떤 식으로든 지금 상황을 설명하는 말을 할 것이라고 예상했다. 하지만 백동수의 말은 어머니의 기대와 달랐다.

“요즘에 와서 더 확실해진 것 같아.”

“뭐가?”

“아빠 말이야. 아빠가 왜 그렇게 죽을 수밖에 없었는지 알 것 같다고.”

“얘는 뜬금없이 아빠 얘기는 왜 꺼내?”

급격히 가라앉는 어머니의 반응을 보며 백동수는 잠깐 괜한 얘기를 꺼냈나 싶어 후회했다. 하지만, 백동수는 말해야 했다.

“괜한 소리 같아서 말한 적 없는데…… 내가 아빠라도 어쩔 수 없을 것 같더라고. 변호사 비용도 없으니 구명할 기회가 사방 다 막혀버리고, 빚은 쌓이고.”

“……아들이 그래서 검사 된 거잖아. 원래 공부를 잘한 것도 있지만.”

애써 밝게 넘기려는 어머니를 똑바로 바라보며 백동수가 말을 이었다.

“그런데 이상해.”

“응?”

“검사가 되어도 매번 똑같아. 도망칠 곳은 없고, 그러니 침묵하게 돼."

"……."

"중요한 일이 아니면 침묵하는 습관. 문제가 터질 때마다 항상 나는 아무 말도 하기 싫어했잖아. 그게 어려운 상황을 더 키운 게 아닌가 싶기도 해."

"동수야, 나도 한마디 할까?"

"응."

"아빠 말이야. 아빠는…… 어리석고 잘 속고, 무능해 보여도 그렇지만은 않았어. 그냥 자기 삶을 산 거야. 많은 다른 사람들처럼."

이야기를 끝내고 어머니는 고개를 돌렸다. 텔레비전에서는 요즘 방송마다 빠지지 않고 나오는 정치 평론가가 백동수의 고발 의도에 대해 나름의 정치적 의미를 부여하느라 바쁘게 떠들고 있었다.

반부패회의

"부패의 현상은 한 조직이 그들의 권력이 영원하거나 완벽해야 한다는 착오에 빠져들 때 가속화됩니다."

남이 써준 원고를 그대로 읽는 건 김병민의 평소 스타일은 아니었다. 하지만 자리가 자리이니만큼 어쩔 수가 없었다. 김병민이 서 있는 단상 위엔 대검 연구팀 인력이 총동원되어 작성된 원고가 올려져 있었다. 김병민은 연설문이 적힌 원고를 토씨 하나 틀리지 않고 읽어 내려갔다.

반부패정책협의회 전체 회의. 청와대가 주최한 이 회의는 월요일 오전 11시에 조금은 특별한 장소에서 전개되었는데, 바로 서초동 예술의전당 4층 오페라하우스 컨퍼런스홀이었다. 보통 청와대가 주최한 회의라면 주로 청와대나, 그게 아니라면 광화문 광장, 서울시청 근방에서 진행되는 게 관례였다. 그런데 뜬금없이 예술의전당. 그에 대한 청와대 정무수석의 해명은 더 궤변이었다. 부패를 근절하고 새로운 민주 행정을 지향하고 결의하는 차원에서 미학적 분위기가 충만한 곳에서 회의를 진행하자는 대통령의 뜻을 받들었다는 게 정무수석의 변이었다.

장소 변경 이유를 전해 듣는 순간 김병민은 자기도 모르게 실소를 터뜨렸다. 실소를 터뜨린 여러 원인 중 가장 중요한 원인은 개최 장소인 예술의전당이 자리한 위치의 상징성이었다. 예술의전당에서 외부를 바라보면 바로 보이는 대표적인 두 건물이 있다. 대검찰청과 사랑의교회, 두 건축물이 비스듬히 내려다보이는 곳에 대통령이 직접 찾아왔다는 사실이 시사하는 바는 비교적 분명했다. 반부패 세력의 핵심을 검찰로 보겠다는 의지를 보여준 것이다.

반부패회의 참석 희망자 명단도 그 면면을 들여다보면 법조인이거나 그와 관련된 인물들이 압도적이었다. 그리고 대통령은 협의회 중심 이념을 표명하는 기조연설을 김병민에게 일임했다. 검찰총장이 중심이 되고 대통령은 찬조 발언만을 하는 이 상황만 놓고 보면 검찰총장을 상당히 대우해주는 것처럼 보이지만 실상은 달랐다.

지난주까지만 해도 반부패에 대한 상징성을 가진 인물로 사람들이 김병민을 생각할 수도 있을 것이었다. 내부 관계자들과 다르게 그때까지만 해도 여전히 검찰총장 김병민을 둘러싼 여론의 공기는 우호적이었다. 조직 내 라인에 기대지 않고 성역 없이 수사한다는 이미지가 적당히 유지되고 있었다.

하지만 김병민을 둘러싸고 주말 동안 급작스럽게 스캔들 의혹이 쏟아졌다. 박철균 대표에게 뇌물을 수수한 사실을 덮기 위해 김병민 검찰총장이 검은 영향력을 펼쳐 그의 자살을 사주했다는 식의 스캔들. 게다가 그 의혹이 까마득히 기수가 낮은 평검사의 단독 고발에서 시작된 이상 입방아에 오르는 것은 피할 수 없었다. 그런 와중에 반부패회의 기조연설이라니, 여론의 먹잇감으로 던져준 것이나 진배없었다.

주말 동안 여론은 김병민을 파렴치한 범죄자로 전락시켰다. 의혹에 휩싸인 것만으로도 그의 총장 자질에 대해 심각하게 고려해봐야 한다는 논설까지 등장할 정도였다. 이 사건에 대해 어떤 방어 전략을 취해야 할 것인지, 김병민은 그 해결책 모색으로 밤을 꼬박 새워야 했다. 반부패에 대해선 신경 쓸 겨를도 없었다. 김병민은 회의에 불참하거나 대리인을 통한 발표를 고려해야 할 것 같다고 정무수석에게 문자를 보냈지만 돌아오는 답은 그 의도가 투명하게 보일 정도로 분명했다.

―그대로 회의 연설 진행해주세요.

*

"우리 사회는 지금 만성으로 적체된 부패로 인해 신음하고 있습니다. 특히 가장 솔선수범해야 할 사법부와 법무부가 정권과 여론의 눈치를 보면서 사건을 대하는 것처럼 보이는 몇몇 사례로 인해 국민의 심각한 우려와 오해를 사고 있는 것은 부정할 수 없는 사실입니다. 그러한 오명을 벗고 부패에 대해 근원적으로 대처하기 위해서는…….”

원고를 그대로 낭독하던 김병민은 근원적 부패 근절 대책을 제시하는 대목에서 하던 말을 멈췄다. 말을 멈춘 뒤 단상을 중심으로 방사형으로 퍼져 있는 예술의전당 컨퍼런스홀 전체를 훑었다. 그의 시선이 가장 집요하게 머문 곳은 대통령과 법무부 장관이 앉아 있는 우측 끝자리였다. 유별난 의전이 진행된 경우는 아니었기에 대통령과 법무부 장관은 서로 편히 사담을 주고받는 중이었다. 엄청난 기세로 터지는 기자들의 카메라 플래시 중 한두 개는 대통령과 법무부 장관, 둘의 일탈을 잡을 법도 한데 모든 카메라가 오직 김병민만을 향하고 있었다.

그때 문득 김병민은 자신이 이들에게 배제되고 있다는 사실을 실감했다. 대통령의 한없이 무심한 표정이 그 사실을 증명하는 듯했다. 김병민은 처음으로 두려웠다. 자신을 붙잡아줄 수 있는 인물이 누구인가. 그는 자신이 몸담아온 조직이 자신을 보호해줄 거란 기대나 희망은 포기한 지 벌써 오래되었다. 자기 스스로 살아남아야 한다. 하지만 대통령이 자신의 연설에 일말의 관심도 두지 않는다는 걸 확인한 순간, 앞으로 뭘 어떻게 풀어나가야 할지 막막하기만 했다. 답답한 심정으로 그는 주변을 둘러봤다. 김병민이 침묵하자 카메라 플래시는 더욱 요란하고 현란하게 터졌다. 카메라 셔터 소리가 갑자기 빨라지자 대통령은 그제야 김병민에게로 시선을 옮겼다. 대통령과 눈이 마주친 김병민이 다시 입을 열었다. 준비했던 진짜 연설 대신 원고 낭독으로 대신하고 있었기에 김병민은 전혀 감정을 소모하지 않은 상태였다. 그

감정을 꾹 눌러 담아 김병민은 확실하고 분명한 메시지를 전달했다. 다른 누구도 아닌 오직 한 사람, 대통령에게.

"부패를 떨쳐내고자 하는 반부패 패러다임, 그 첫 키를 열어야 하는 건 단연 대한민국 최고 통치권자의 단호한 의지입니다. 행정부의 수반이 부여된 권한을 통해 부패 척결의 책무를 엄격히 다하지 않는다면 하위의 어느 조직이든 그 통치자의 의도를 희석해 받아들일 것이기 때문입니다. 특히 검찰과 같은 조직일수록 더욱 그럴 수밖에 없을 것으로 생각됩니다."

*

"그게 무슨 뜻이죠?"

"무슨 말입니까, 장관님."

"연설 내용이요. 통치권자의 단호한 의지?"

공개 회의가 끝난 후 비공개 회동이 시작되었다. '반부패'를 화두로 모인 비공개 회동의 참석 인원은 김병민을 포함해 모두 세 명. 법무부 장관과 대통령뿐이었다. 문밖에서는 기자 수십 명과 함께 법무부 산하 직원, 대검찰청 소속 관계자, 청와대 관련인들이 대기 중이었다. 각각 패를 나눠 그들의 수장이 대화를 마치길 기다리고 있었다.

처음에 대통령은 별 특별한 말을 하지 않았다. 그저 대통령이 된 후로 하루에 마시는 커피 양이 너무 늘었다며 그로 인한 건강상의 문제가 없을지 걱정하는 일상적인 말 몇 마디 던진 게 고작이었다. 본론을 꺼낸 건 법무부 장관 조민국이었다. 변호사 출신에 3선 국회의원을 지낸, 뼛속까지 정치인인 조민국이 보기에 적어도 김병민은 지금과 같은 종류의 정치적 위기를 돌파하는 능력은 갖추지 못한 상대였다. 그런 식으로 자신을 초보 취급하며 얕잡아 보는 분위기가 김병민에게는 거슬릴 수밖에 없었다. 김병민은 조민국에게 대답하는 대신 대통령에게 질문했다.

"대통령님께서는 어떻게 생각하십니까?"

"김 총장의 연설에 대해서 말입니까."

"아니요. 제 뇌물수수 의혹에 대해서 말입니다."

김병민은 피곤하다는 듯 담담한 말투로 툭 내뱉듯 본론을 꺼냈다. 어차피 비공개 회동의 안건은 이것이 아니던가. 대통령이 김병민을 향해 사람 좋게 미소 지었다.

"어떻게 해야 만족하겠어요?"

"검찰 조직의 만족 말씀입니까, 아니면 저 자신에 대한, 그도 아니라면 대통령님의 만족을 말씀하시는 겁니까?"

잠깐의 침묵 사이로 법무부 장관이 끼어들었다.

"이봐요, 김 총장. 똥오줌 정도는 가리면서 말해야지. 지금 너무 대놓고……."

"바로 치고 나오시네. 듣고 싶지 않으시겠지만 저는 대놓고 말해야겠습니다."

김병민의 단호한 말투에 대통령의 눈빛이 달라졌다. 적어도 대통령에 대해서는 김병민이 조민국보다 그의 정치적인 의도를 정확히 파악하고 있었다. 대통령은 김병민의 짐작대로 직접적인 요구사항을 갖고 있던 것이다. 김병민은 이 대목에서 한 가지 사실을 분명히 짚어야 했다.

“우선 한 가지만 확실히 하겠습니다. 이번 박철균 대표의 뇌물 공여 의혹에 제 이름이 거론된 건 터무니없는 조작입니다.”

“그건 검찰과 법원에서 해결할 문제입니다. 그렇게 좋아하는 법대로요. 그건 그렇고…….”

대통령이 많이 마셨다며 푸념하던 커피를 한 모금 더 마셨다. 그동안 조민국은 노골적으로 벽시계 쪽으로 몸을 한 번 틀었다. 회동에 남은 시간이 많지 않았다는 사실을 대통령과 김병민 둘 모두에게 주지시키기 위해서였다. 대통령이 말을 이었다.

“내가 총장께 요구하는 건 절반의 성공입니다.”

“절반이요?”

“어차피 정황을 보니 검찰 내부에서 쿠데타든 뭐든 일으킨 것 같은데…… 내가 잘못 안 걸까요?”

시간이 부족하다는 조민국의 신호를 제대로 알아들었는지 대통령은 검찰 내부의 상황과 그로 인한 김병민의 난처한 처지를 곧바로 지적했다. 김병민이 씁쓸한 미소를 지으며 고개를 끄덕였다.

“정확하게는 검찰 내부 기득권자들이 제가 내세운 개혁 플랜을 검찰 자체에 대한 쿠데타로 규정하고 짓밟으려 하는 것이죠.”

“그리고 그 기득권자 중에 어쩌다 보니 우연히 우리 법무부 장관도 연루된 것이군요.”

대화에 언급된 조민국이 소스라치게 놀라며 항변했다.

"무슨 말씀을 그렇게 하십니까! 제가 지금 사적인 이유로 이런다고……."

"흥분하지 마세요. 김병민 총장의 관점에서 보자면 그렇다는 거요."

조민국은 더는 항변하지 않고 입을 다무는 것으로 한 걸음 물러섰다. 지금 필요한 건 정치적 상황을 정리하는 것이 아니라 해결 방향이기 때문이었다. 늘 선량한 얼굴의 대통령은 결정적인 순간에는 한 치의 물러섬이 없는 사람이었다. 김병민도 순간 마른침을 삼켰다.

"사태를 어떻게 정리하든 선택은 김 총장 몫이에요. 총장이 지금 이 쿠데타를 진압하지 못하면, 아니 그러지 못했다는 분위기가 여론이든 정치권에서든 상식으로 통용된다면 그땐, 경질입니다."

"……."

"총장께서 더 하실 말씀이 있을까요."

"……잔인하시군요."

대통령이 다시 커피를 한 모금 삼켰다. 잔에 가득 담겼던 커피가 10여 분 만에 바닥을 드러냈다. 김병민이 다소 거칠어진 목소리로 말을 이었다.

"만약 삐끗한다면 저 김병민, 줄도 끈도 변변치 않아서 명예를 회복할 길이 없을 겁니다. 사퇴한다면 이후에 제가 변호사 노릇이라도 하겠습니까? 정치판에서 권유가 있다 한들 그게 어떤 판인지는 대통령님이 더 잘 아실 테고요."

"미안하지만 내가 총장의 미래 설계까지 해줄 입장은 아닙니다. 잔인하게 들려도 어쩔 수 없어요. 내 미래도 보장할 수 없는 것을요."

"네, 이해합니다. 그런 차원에서 하나만 분명히 말씀드릴까 하는데요."

"그래요."

"이번 주 내로 결판내겠습니다. 진압되든 짓밟히든 둘 중 하나로 결정이 날 텐데, 어떤 결과가 오더라도 파장이 클 테니 각오해두십시오."

'파장'이라는 단어에 조민국의 눈빛이 흔들렸다. 김병민도 부러 이 대목에서 법무부 장관을 향해 시선을 고정했다. 파장의 중심엔 촘촘하진 않아도 광범위하게 법조계와 정치권에 그물을 친 조민국이 있기 때문이다. 김병민이 이 그물을 찢어내고 대통령의 심기를 건드리지 않으면서 긍정적인 여론을 얻는다면 그 충격은 고스란히 법무부 장관 조민국에게로 돌아갈 것이다. 조민국은 대통령을 바라봤다. 하지만 대통령은 시선을 주지 않았다. 애꿎은 커피잔만 무심히 내려다볼 뿐이었다.

김병민이 먼저 자리에서 일어나며 말했다.

"오래 걸리지 않을 겁니다. 이번 주 안에 꼭 보고 올리겠습니다, 대통령님."

"역시 김 총장은 시원시원해서 좋아요. 자, 그러면 이제 두 분이 명심할 사항을 알려드리죠."

"……."

"이번 사태는 법무부, 당신들 조직에서 벌어진 진흙탕 싸움이요. 난 배경이고. 그걸 잊지 말아요. 알아듣죠? 내 이름, 함부로 팔지 말라고."

김병민과 조민국이 동시에 고개를 끄덕였다. 드물게도 신경질적인 느낌으로 대통령이 말을 이었다.

"그리고 그 모비딕인지 뭔지 말이야."

대통령이 모비딕 펀드를 입에 올렸을 때였다. 김병민은 당연히 올 게 왔구나 하는 표정이었고, 조민국은 기다렸다는 듯 꼬리 자르기에 최선을 다하겠다는 충성스러운 답을 했다.

"네. 문제 생기지 않게 중간에서 잘 처리하겠습니다."

하지만 조민국을 바라보는 대통령의 시선은 건조하고 까칠하기만 했다.

"그거야 당연히 그렇게 하겠지. 그 펀드를 메이저에 띄우려고 뿌린 돈이 얼마고, 받아 처먹은 인간들이 내가 아는 놈만 해도 수십은 넘을 테니까요."

"대통령님, 그런 말씀은 좀……."

"왜? 나는 평생 고상한 말만 하고 지내는 인간인 줄 알았어요? 아니야, 청와대 밥을 한 3년 먹다 보니 저절로 입이 거칠어졌어. 날 못 지키면 날 따르는 사람들이 모두 죽겠더라고."

거칠어진 대통령의 발언에 조민국이 입을 다물었다. 대통령이 진지하고 싸늘한 눈빛으로 물었다. 조민국이 아닌 김병민에게.

"난 지금 총장의 확답을 듣고 싶어요. 그 모비딕 펀드, 수면 위로 올리지 않을 자신 있냐고."

"수면 위라 하심은……."

조건을 확실히 하고 싶은 마음에 되물으려는 김병민을 향해 지겹다는 태도로 귀를 후비며 대통령이 말을 잘랐다.

“잘 수습하면 좋지 않겠냐는 거죠. 청와대 게이트니 뭐니 하며 구제해달라고 피해자가 울고불고하는 상황이 오지 않게요.”

답변을 똑바로 해야 이 상황을 면피할 수 있으리란 계산이 김병민의 머리를 빠르게 스치고 지나갔다. 피해자 운운하는 기사를 막으라는 주문인데, 그러려면 사건 규모 자체를 축소해야 한다. 그 순간 본능적으로 김병민은 모비딕 피해자 대표 변호사가 어느 학교, 연수원 몇 기수인지에 대한 정보부터 떠올렸다. 펀드 피해자모임의 변호사와 협의해서 집단행동의 초기 움직임부터 정리하는 게 가장 효과적인 방법이기 때문이었다. 그렇게 되면 피해자들의 원금 보존 꿈은 산산조각 나리라는 것은 자명했다. 검찰이 의지를 갖고 사건 규모를 축소하려는 시점에서, 흐지부지 사건이 종결되는 것은 당연한 일이었다. 그때 대통령은 알 수 없는 눈빛으로 조민국과 김병민을 바라봤다. 김병민은 자신도 의식하지 못한 사이 창백하게 변한 얼굴로 그 시선을 마주했다.

모호한 벽

금요일 새벽이었다. 백동수는 전날 밤인 목요일도 대검찰청 901호에서 밤을 새웠다. 사실 그 정도로 무리해서 할 일은 없었다. 현직 검찰총장의 뇌물수수 혐의를 고발한 지 일주일이 지났다. 그동안 백동수는 사실 대검찰청을 떠난 적이 없음에도 불구하고 언론에 행방이 묘연하다고 표현되었다.

백동수가 신변 보호와 특별조사를 위해 대검찰청에 은거했다는 정보가 대외적으로 알려지지 않은 이상 지하주차장과 엘리베이터, 901호만 오가는 백동수가 언론에 노출될 가능성은 희박했다. 그의 행방을 모르는 것만으로도 언론은 잠적, 실종 등의 자극적인 수식어를 줄 세우며 긴장 분위기를 고조시켰다. 이제 그렇게 팽창된 긴장에 어울리는 타이밍에 고발장과 함께 작성한 공소장을 접수하는 일만 남았다. 하지만 백동수는 일주일 동안 공소장을 접수하지 않았다. 부장검사, 검사장의 날인까지 완료된

백지 결재서류가 있었지만, 언론 노출을 위한 고발만 진행했을 뿐 공소장을 접수하지는 않은 것이다.

이유는 분명했다. 백동수는 하도급을 준 인물의 명령을 거역할 수가 없는 상황이었다. 명령을 내린 인물, 한동현 부장검사가 스탠바이를 주문한 상황. 그는 모든 준비를 마친 백동수에게 한 통의 문자메시지를 보내 일주일을 기다리게 했다.

—정확한 오더 줄 때까지 기다려.

대기하는 동안 백동수의 머릿속도 복잡해지기 시작했다. 본래 소속인 중앙지검에 마련된 자신의 사무실, 자신의 자리, 자신에게 배당된 사건들을 모두 중지하고 투입된 901호에서의 특별조사. 한동현이 손을 썼는지 이 특별조사는 백동수의 소속인 중앙지검의 검사들에게도 내막이 알려지지 않아 그의 행방을 묻는 메시지만 수백 통이 넘었다. 얼핏 봐도 언론을 통해 알려진, 백동수의 고발 행위에 대해 도저히 믿을 수 없다는 분위기가 팽배한 메시지들이었다. 백동수 역시 그들이 전례 없는 행위로 취급하는 것을 당연하게 받아들였다. 상식적으로 평검사가 단독으로 뛰어들 주제가 전혀 아니니까. 단지 그들은 백동수와 한동현 사이에 맺어진 그 상식을 뛰어넘는 저간의 거래를 몰랐다. 누구도 그걸 모른다는 사실이 백동수를 불안하고 조바심 나게 했다.

'이렇게 아무도 모르는 거래에 뛰어들었다가 만에 하나 잘못된다면, 그때 과연 돌아갈 길이 있을까.'

*

수증기가 차오르자 마치 안개 속에 있는 것 같았다. 문득 백동수는 자신이 쓰고 있는 굵은 뿔테 안경이 사법고시 2차를 준비할 때 산 것이라는 객쩍은 추억을 떠올렸다.

누구나 그럴 때가 있다. 인생에서 중요한 기로라고 느껴지는 때, 정작 그 순간에 당사자는 그 중요한 순간을 실감하지 못하는 경우가 있다. 그래도 어느 정도의 반응은 존재하는 법, 백동수의 반응은 어떤 한순간의 추억에 대한 떠올림이었다.

로스쿨의 본격적인 도입을 앞두고 흙수저들이 마지막 발버둥을 치며 사법고시 2차를 준비하던 시절의 신림동 고시촌. 그 고시촌에 감돌던 살벌한 긴장감과 어처구니없을 정도의 침묵이 지배하던 고시 학원의 독서실. 백동수에게도 그 살벌함과 고통은 흔적을 남겼다. 본격적으로 2차 시험을 준비할 때 백동수는 거의 앞을 볼 수 없을 정도로 시력이 상했다. 바로 코앞에 육법전서 수험서를 두고도 글자를 읽기가 힘들 정도였다. 급격히 상한 시력에 백동수는 자신의 평소 시력보다 훨씬 더 높은 도수의 렌즈를 주문했다. 여러 번 압축해도 두꺼운 렌즈 두께에 맞는 테가 뿔테밖에 없기에 그때부터 백동수의 안경은 검은색 뿔테 안경으로 고정되고 말았다. 안경을 써도 잡히지 않는 지독한 난시 탓에 바로 앞에 있는 글씨라면 정확히 읽고 볼 수 있지만 조금만 거리가 생기면 모두 희뿌연 연기가 낀 것처럼 흐릿하게만 보였다.

예술의전당 맞은편 골목에 있는 남성 전용 사우나에 들어선 순간에도 백동수는 유별날 정도로 앞을 볼 수 없었다.

*

며칠간 갈아입지 않아 땀내에 전 셔츠를 벗고 뿔테 안경을 다시 쓰고 수증기와 난시가 뒤섞여 한 치 앞을 보기 힘든 사우나 안으로 들어선 그 순간, 지극히 흐릿한 형체로 한동현이 그 안에 앉아 있었다. 이상하게도 그 순간 무거웠던 백동수의 마음이 한층 대담하고 극적으로 변화했다.

그건 표현하기 힘든 기분이었다. 막연히 한동현과 연결되어 있다는 안정감에서 비롯된 용기가 아니라 사건을 조작해 총장을 고발하고, 기소를 위해 무려 89페이지에 이르는 공소장을 작성한 행위 자체가 백동수의 감정을 고양시켰다.

백동수는 여전히 앞이 제대로 보이지 않는 상태에서 한동현의 옆자리에 앉았다. 알몸이었지만 시계는 찬 채였다. 시계 역시 절박한 시기에 산 10만 원대의 보급형 시계였다. 그 시계를 신기하다는 듯 보며 한동현이 말했다.

"시위하는 거야, 뭐야?"

"무슨 말씀입니까?"

"목욕탕에 들어오면서 시계를 찬 게 무슨 의도냐고. 내가 그동안 너만 믿고 짱박혀 있었는데, 계속 기다리라는 말이나 하냐고, 내가 그렇게 한가한 사람이냐고 시위하는 거 아니야?"

"아닙니다. 그저 습관일 뿐입니다."

"시계를 벗지 못하는 습관도 있나? 장난해."

"평소에도 이렇습니다."

"대단한 습관을 지니셨군. 그래, 그럼 좀 묻자. 지금 몇 시야?"

"오전 7시 20분입니다."

"씨발, 진짜 개같이 달렸네. 요즘 같은 비상시국에 밤새 처마셨어."

한동현은 역한 기운이 올라오는지 말을 마무리하지 못한 채 사우나 바닥에 침을 뱉었다. 사우나의 습한 공기가 빠른 속도로 백동수의 피부 위에 달라붙었다. 한동현이 혀를 차며 말했다.

"보내준 공소장 확인했어."

"컨펌하실 만합니까?"

"김병민을 완전히 쓰레기로 몰아갔더군. 김병민이 대리인을 보내 지속적으로 박철균을 압박하고 몇 차례에 걸쳐 현금으로 뇌물을 수수했다. 그 뇌물의 규모만 몇십억에 달하고 자금 조달 창구는 모비딕 펀드다."

"구체적일수록 신빙성이 높아지니까 기존의 진술에 구체성을 입혔습니다."

"소설 써? 뭘 그렇게 많이 썼어. 구십 장? 뭐 말빨로 조지자는 전략이야?"

"소설처럼 보이지 않으려고 붙이다 보니 많아졌습니다."

"잘 쓰긴 잘 썼어. 빠져나올 구멍을 죄다 막아버렸더군."

"초기 목적에만 집중했습니다. 재판 가면 엉키기야 하겠지만, 이 정도 의혹이 있는데 재판 자체를 기각할 수는 없을 정도로요.

컨펌, 가능하십니까?"

"백검, 왜 아까부터 컨펌 타령이야. 야, 이 새끼야."

"네. 부장님."

"너한테 서울중앙지검 간부들 사인이 끝난 결재서류를 건넨 게 무슨 뜻이겠어?"

"……."

"이미 시작할 때부터 컨펌했다는 뜻이잖아."

"그런데 의문이 생겨서 그렇습니다."

"접수 언제 하냐 이거냐?"

한동현이 되물으면서 백동수의 심정을 알 만하다는 듯 고개를 끄덕였다. 백동수는 더 말을 잇지 않았다. 이제부턴 한동현이 말할 차례다. 현직 검찰총장을 자리에서 끌어내기 위한 여론전에 평검사까지 용병으로 동원해가며 세팅을 마쳤다. 그러고도 지금 막상 기소는 망설이는 이유에 관해 말이다. 한동현이 침을 한 번 더 소리 내어 뱉은 뒤 입가심하는 듯 입을 전체적으로 우물거리며 답했다.

"법무부 장관 조민국이 곧 교체될 거야."

"장관이요? 그 기세등등한 양반이……."

"그래, 그 잘난 반비 새끼. 반은 정치인, 반은 법조인."

"전혀 그런 분위기는 느끼지 못했습니다."

"그 인간, 천생 노련한 정치인이야. 그 바닥에서 잔뼈가 굵어 치고 빠질 때가 비교적 정확하고. 이번엔 좀 오버했다 싶지만 그래도 이 정도 조직을 휘저은 거만 해도 성과가 나쁘지 않다고 봐야지."

"어떤 성과 말입니까?"

"검찰 내에 새로운 계급을 출현시킨 거 말이야."

정치인 출신 법무부 장관의 검찰개혁과 관련된 일련의 퍼포먼스를 두고 한 말이었다. 실제로 개혁 의지라고 볼 수 있는 면이 없지 않았다. 문제는 한동현이 그걸 보는 시각이었다. 백동수도 모르지 않았지만 확인을 위해 물어야 했다.

"어떤 계급을 말하는 건지 감이 잘 안 잡히네요."

"간단해. 정치적인 균형을 아는 인간들이 실권을 잡고 검찰 조직을 이끌어야 한단 말이지. 국회도, 정부 쪽에도 적당히 걸쳐서 조율할 줄 아는 세련된 조직 관리가 가능한 인물이 중심이 된 조직 말이야."

"그걸 굳이 계급이라 표현할 필요가 있을까요."

"기어오르는 걸 막는 제방 역할을 해야 하니까. 무슨 말인지 이해돼?"

"알 듯하면서도…… 어렵네요."

"다 알 필요 없어. 대신 이렇게 거꾸로 질문해볼까. 김병민, 그 인간은 그 계급에 속할 수 있을까?"

"잘 모르겠습니다."

"그 새끼가 검찰 조직에서 가장 필요 없는 기생충 같은 인간이야. 혼자 잘난 척, 정의로운 척, 생쇼를 벌이고 있지. 실제로는 자기가 조직에 구정물을 뿌리고 그 수혜를 톡톡히 누렸으면서 말이야."

"……."

"네가 볼 땐 난 어떤 것 같아? 계급이냐, 아니냐?"

"계급을 재정립하려고 노력하시는 것 같습니다."

"……정답은 아니지만 인정하지. 그것도 맞아. 너랑 하는 이 짓도 내 노력이지. 장관 나리는 인사를 적당히 조정하는 거고. 대충 감이 와?"

"네. 감이 좀 왔습니다."

"이번 인사이동 때 아마도 난 지금보다 더 대검의 코어로 들어갈 거야. 법무부 장관은 그쯤하고 뒤로 빠질 거고. 기소 카드는 그 타이밍에 맞춰서 만지작거리면 돼."

"만지작거린다는 게 무슨 뜻입니까?"

"새벽이라 그런가, 우리 백검이 말귀를 잘 못 알아듣네."

"죄송합니다."

"고발이 언론에서 대서특필됐잖아. 김병민이 어떻게 나오는지 살펴봐야지. 선택지는 두 개야."

한동현은 재미있는 농담이라도 하듯 피식 웃으며 말을 이었다.

"하나는 인사이동 발표를 데드라인으로, 그때까지 김병민이 총장직에서 자진해서 사퇴하면 기소는 없는 거고."

"다른 하나는요?"

"똥오줌 못 가리고 계속 개기면 진짜로 기소 때려 재판까지 끌고 가는 거지. 재판 걸고 총장 자질에 문제 있다고 계속 짖어대면서 끌어내는 시나리오로 가야지. 그러니까 넌 인사이동까지 이건 붙잡고 있다가 김병민이 하는 거 봐서 처신하란 말이야. 접수

됐어?"

"……네."

"그리고 한 가지 더."

한동현이 자리에서 일어섰다. 문득 백동수는 한동현의 몸에 군살이 많이 붙어 있다는 걸 확인할 수 있었다. 잉여의 느낌이 들 정도였다.

"김병민의 처리와 발맞춰, 백검 네 입지도 변하게 되겠지."

"네, 부장님. 그런데 하나 말씀드릴 것이 있습니다."

"뭔데."

"박철균을 조사하다 보니 엮여 나온 몸통이 있습니다."

"몸통이라. 그런 식으로 말하는 거 보니 넌 그걸 핵심으로 확신하나 보네."

"피해 규모가 막대합니다. 이걸 건드려 수면 위로 올리는 게 훨씬 더 효과적일 것 같은데요."

"뭐에 효과적인데?"

"네?"

"나하고 이 사건 시작할 때, 표적이 뭐였어. 김병민이지?"

"그걸 모르진 않습니다."

"김병민 잡는 데 박철균 그 새끼가 벌인 펀드 사기나 페이퍼 컴퍼니 의혹이 무슨 도움이 되는데? 오히려 우리 사건의 본질만 흐릴 뿐이야."

"박철균 사건의 본질은 모비딕 펀드의 불법 조성 경위입니다."

"백검아, 그건 박철균한테 감겨서 돈 날린 멍청한 새끼들 하소연이고, 우리 목적은 김병민 목줄 따는 게 전부잖아, 안 그래?"

"……."

"뭐야? 알아들었다는 거야, 계속 반항하겠다는 거야? 그래, 할 말 다 해봐. 여기 뜨거워죽겠는데 내가 너 기분 풀릴 때까지 말 들어줄 테니까."

"아, 아닙니다."

"뭐야. 왜 쫄아? 괜찮으니까 말해."

"괜찮습니다. 부장님 말씀대로 진행하겠습니다."

다시 백동수의 시야가 아득해졌다. 한동현의 모습은 그저 희미한 형체로 번졌다. 모호하고 흐릿한 세상이었다.

다만 악에서 구하소서

서초동으로 이전하면서 말도 많고 탈도 많았지만, 법조인 대다수를 그대로 신도로 흡수해 제법 막강한 종교 권력을 획득한 대형교회 한구석에 김병민은 조용히 앉아 있었다.

에르메스 넥타이를 매고 한껏 멋 부린 8대 2 가르마를 한 담임목사는 연신 입에 침을 튀며 정열적으로 설교했다. 처음부터 끝까지 신의 은총만 남발하다 설교가 끝났고, 이내 찬송가가 울려 퍼졌다. 파이프오르간의 선율을 듣자면 이 음악이 찬송가인지, 클래식인지 헷갈렸다. 검찰총장 김병민은 이 모호한 선율을 즐겼다. 눈을 감고, 마치 기도하는 것처럼.

성스러움이 세속적인 예술과 뒤섞이는 이 순간, 김병민은 상념에 빠져들었다. 사법고시를 준비하던 가난한 법대 졸업반 시절, 무리해서라도 찾아가던 음악 감상실이 떠올랐다. 당시엔 독재 타도, 민주화 구현이란 구호가 유행이던 시절이었다. 하지만 고상하고 문제의식 부족한 학생들이 즐겨 찾던 대학로의 음악 카페에 김병민은 종종 찾아가곤 했다. 사법고시 2차 시험 전날에도 그곳을 찾아 오래된 엘피판에서 흘러나오는 말러 교향곡을 들으며 신이 되어 하늘을 거닐거나 지옥에 빠지거나 하는 극단적인 상상을 즐겼다. 김병민은 찬송가를 들으며 문득 지금의 번민 역시 자신이 사실 즐기고 있는 건 아닌지 하는 생각이 들었다. 그 상념은 찬송가 〈다만 악에서 구하소서〉 4절 가사가 끝날 때까지 이어졌다.

주여, 다만 악에서 구하소서.
이 땅은 악으로 가득 차 있습니다.
제가 어떻게 해도 이 악을 피할 수 없다는 거,
잘 알지만
그러나 주여, 다만 악에서 구하소서.

파이프오르간의 전주와 함께 합창단이 단상에 올라 〈다만 악에서 구하소서〉를 부르는 동안 누군가 김병민의 옆자리로 슬며시 다가와 앉았다. 저도 모르게 눈시울을 붉히고 있던 김병민이 인기척에 눈을 떴다. 옆자리에 앉은 이 역시 익숙한 양복 차림이었다. 단추가 풀린 셔츠 소매 사이로 장모가 사준 거라며 그가 항상 착용하는 롤렉스 시계가 보였다. 법무부 장관 조민국이었다.

"눈시울을 붉힐 정도로 독실한 크리스천인지 미처 몰랐네요."

"장관님이야말로 기독교셨어요?"

“종교를 하나만 믿는 정치인이 어디 있습니까? 지역구에 있는 종교시설이라면 이슬람 사원이라도 마다치 않는 직업인데. 이래 봬도 명색이 안수집사입니다.”

“지금은 지역구 아니잖아요.”

“뭐, 평생 장관 합니까. 다시 돌아가야죠, 필드로.”

말을 주고받는 순간에도 조민국은 핸드폰을 살폈다. 수신 알림이 쉴 새 없이 울리고 있었다. 그 모습에 김병민이 슬며시 물었다.

“인사이동 때문에 바쁘시겠습니다.”

“뭐, 그냥 쇼맨십이죠. 어르신이 워낙 전시를 좋아해서요. 뭘 해도 대대적이라고 언론에 대문짝만하게 나와야 일이 돼요.”

“그거야 우리가 다 아는 그 양반 스타일이니까. 그나저나 고맙습니다.”

“뭐가 말입니까?”

“이렇게 일요일 아침에 만나주셔서요.”

“누가 찾아오면 어떻습니까, 우리 사이에.”

“우리 사이가 좀 그렇잖아요. 적어도 이 판에선 제가 갑이 아니라 을인 것 같은데요.”

김병민의 말에 조민국이 헛웃음을 지으며 답했다.

“그런데 이번엔 제가 좀 특이한 냄새를 맡은 것 같습니다.”

“냄새요?”

“그 을께서 갑 목줄 쥐는 걸 가진 것 같다, 이 말입니다.”

공교롭게 타이밍이 맞았는지 우연의 일치였는지는 모르지만, 조민국의 말에 김병민이 두 손을 모으고 다시 눈을 감았다. 에르

메스 넥타이의 주인공, 대한민국에서 가장 많은 법조인 신도를 거느린 교회 담임목사의 축도가 이제 막 시작되고 있었다.

축도가 끝나고 다시 파이프오르간의 장엄한 찬송이 울려 퍼질 때 조민국이 먼저 자리에서 일어났고, 김병민이 따랐다. 일어서는 순서는 조민국이 먼저였지만 앞장서서 예배당을 빠져나가는 건 김병민이었다. 김병민은 축도 전 조민국이 했던 말에 대해 뒤늦은 답을 전했다.

"어디 우리, 대본 좀 맞춰볼까요?"

*

비가 내렸다. 교회의 지하철 전용 출구, 김병민은 처음 이 길을 걸었을 때 비로소 대한민국에도 신성한 정의가 구현된 것이라 생각했다. 그가 믿는 정의는 일반인이 생각하는 수준이 아니었다. 비단 종교의 문제가 아니더라도 다수의 사람이 믿으면 그 자체로 정의가 될 수 있음을 김병민은 잘 알고 있었다. 그에 더해 다수가 지지하는 원칙에 혹여 상식이 다소 결여되었다 해도 그것을 상쇄할 만큼의 힘이 그들에게 있다면 그게 정의라는 정치권의 관행을 어느새 몸으로 익혔다.

교회에서 나와 서초역 입구까지 꽤 많은 거리를 걸었음에도 둘은 말을 나누지 않았다. 누군가 한번 말이 막히면 대화 상대가 그 물꼬를 터주는 게 상식적인 대화법일 테지만 김병민과 조민국은 불편한 침묵을 유지했다. 나란히 걸음을 옮기는 동안 둘은 누가 갑이며 을인지 힘의 저울추를 가늠하는 것인지도 몰랐다.

김병민은 대검찰청 앞에서 자연스럽게 멈춰 섰다. 그리고 대검찰청 건물을 올려다봤다. 일요일 오전의 대검찰청은 한산했다. 물론 평일이라 해서 크게 번잡하지는 않았다. 대검찰청은 엄정한 상징적 의미가 있는 곳이었기에 겉보기에 부산스러워서는 안 된다는 불문율이 있었다. 김병민이 평검사로 대검에 있던 시절, 감찰반 업무를 맡던 선배 검사가 들려준 일성을 그는 지금도 기억하고 있다.

'여기선 진짜 정치가 시작될 거야. 그러니 바쁘면 안 돼. 사건 수사에 뛰어들지 말라고.'

김병민이 아는 검찰이란 조직은 비정할 만큼 뚜렷하고 엄격한 위계로 가득한 곳이었다. 그것은 외부에서 강제한 것도 아니었다. 하지만 법을 붙잡은 존재라면, 더욱이 법으로 사람을 옭아맬 수 있는 기소라는 강력한 권한을 독점하고 있다면, 그 존재는 자발적으로 권력이라는 수렁에서 헤어 나올 엄두도 내지 않는다는 사실을 김병민은 대검에서 깨달을 수 있었다.

그리고 10년간 지방검찰청에서의 야인 생활은 그 깨달음을 공고히 해줬다. 굵직하고 선명한, 정치적 쟁점이 되는 사건만 골라 거침없이 밀어붙인 김병민의 이력은 그 특징 하나만으로도 대통령의 눈에 들어 총장의 자리에 오를 정도로 돋보이는 것이었다. 하지만 그는 자신의 경력이 조직에서 볼 때는 얼마나 우스운 것인지 누구보다 잘 알고 있었다. 조직은 2년에 한 번 바뀌는 검찰총장 따위는 대단치 않게 취급하며 찍어 누르려 했다. 하지만 지금 김병민의 눈앞에 조직의 인사권자가 있다. 법무부 장관 조민국은 대검찰청 건물을 역겨운 눈빛으로 흘겨보며 말문을 열었다.

"쓸데없이 건물만 커. 별로 하는 일도 없는데."

"국회의사당도 마찬가지죠. 청사는 또 아닌가요."

"그렇죠. 둘 다 모두 과잉이고 허례에 불과하죠."

"들어가서 얘기하실래요?"

"됐습니다. 간단히 끝낼 건데요."

"간단히 끝내신다라, 우리 얘기가 간단히 끝날 수 있나요?"

"생각하기 나름이 아닐까요. 어렵게 생각하면 한없이 어렵고, 쉽게 생각하면 쉬운."

"흠, 그럼 도서관 쪽으로 좀 걸을까요."

"그러죠."

*

국립중앙도서관으로 가는 길, 둘은 비슷한 보폭으로 나란히 걸었다. 대법원과 대검찰청을 향해 호소하는 1인 시위대의 확성기 소리, 외롭게 펄럭이며 고군분투하는 깃발들, 그 모습들을 훑으며 이번에는 김병민이 먼저 말문을 열었다. 마침내 본론이었다.

"이번 사건 터질 때, 장관님도 뜨끔하셨죠?"

"제가요?"

"장관님도 죽은 박철균 대표한테 떡값을 꽤 많이 챙기셨던데요."

"그냥 던지는 말이라면 그만두시죠."

"명색이 검찰총장인데, 아무 말이나 할까 봐서요. 사실 확인을 모두 마쳤습니다."

"흠, 틈을 안 주는군요. 그런데 그게 뭐 나 혼자 벌인 일은 아니잖아요."

"증거가 없어서 수사를 못 하는 건 아니에요. 기다리는 것뿐이지."

"하나만 확인하죠. 자료, 구체적으로 어디까지 모은 거예요?"

"박철균, 이 빠꼼이 새끼는 운동권에 붙었다, 보수에 붙었다, 너무 많이 붙어서 아찔할 지경이에요. 이리저리 들러붙은 게 한두 개가 아니라고요."

"그런데 그 자료가 창을 겨눈 게 결국 우리 쪽이다?"

"그렇죠."

"김 총장. 당신을 발탁한 건 최종적으로 어르신이야. 내가 당신을 추천했고. 그런데 왜 방향타를 돌립니까."

"제가 왜 이럴까요? 아시지 않습니까, 제가 원하는 것."

"그게 뭔데요."

"기계적 균형이라도 맞춰주시죠. 한동현, 그놈하고요. 그 새끼가 자기들 밥그릇 지키려는 욕심에 폭주해서 장관님을 자기네 쪽으로 기울게 하지 않았습니까."

"……."

"장관님도 솔직히 역겹지 않으신가요. 정권 바뀔 때마다, 이리 찌르고 저리 찌르면서 자기네들 리그는 무조건 지켜내려는 이

지겨운 검찰 카르텔 말이에요."

"총장도 라인 제법 만들어놨잖아요."

"그래봐야 로열패밀리들하고는 비교가 되지 않습니다."

"그래서 어떻게 균형을 맞추길 바라는 겁니까?"

"인사이동에서 맞춰주시지요."

"……."

"많이 바라지도 않아요. 인사이동 때 우리 쪽 사람 두 명을 남긴다는 신호를 흘려주세요. 아예 발표 미루면 제일 좋고. 그렇게 말이 나오면 나머지는 제가 알아서 하겠습니다."

"참 모를 일이네요. 나 같은 변호사 나부랭이 출신은 죽었다 깨어나도 당신네 조직의 생리를 알 수가 없어."

"알 필요는 없으실 겁니다. 저도 알고 싶지 않았으니까요."

"그래요. 그럽시다. 사실 한동현이 쿠데타 일으킨다고 했을 때부터 좀 망설여졌어요. 칼춤에 괜히 들러리 서는 게 아닌가 싶어서. 그런데 만약에 당신이 진압에 실패하면요."

"그때는 하시려던 그대로 인사개편 진행하셔도 됩니다."

"박철균 관련한 내 수사는?"

"내가 밟히면 한동현이 내 식구들을 가만 놔두겠습니까. 엎어지는 거지. 그때는 나도 추잡하게 굴지 않고 혼자 죽겠다 약속드리죠."

"그건 그렇지. 그럼, 믿고 가겠습니다."

"그만 걸으시게요?"

"오르막길이라 걷기 별로네. 일요일에도 도서관 열면 가서 책이나 읽으시든가. 나는 가보렵니다."

조민국은 중앙도서관으로 향하는 오르막길 초입에서 뒤돌아섰다. 김병민은 그대로 오르막길을 걸으며 빠른 손놀림으로 슈트 안주머니에서 핸드폰을 꺼내 통화 버튼을 눌렀다. 그에게는 시간이 많지 않았다.

반전

행사가 시작되기 한 시간 전, 한동현이 미리 대검찰청 대강당 문을 열고 들어와 강당을 살폈다. 프레스룸도 제법 화려하게 꾸며졌고, 초청 인사들의 이름이 적힌 명패도 적잖이 자리에 놓여 있었다. 넓게 펼쳐진 대강당, 이곳에서 오후 3시에 한동현 부장검사의 책 출판기념회가 열릴 예정이었다. 한동현은 대담하게 평일 오후에 개인 행사를 개최한 자신의 선택이 틀리지 않음을 출석하는 사람들의 면면을 통해 확인하고자 했다.

그리고 이 출판기념회와 인사개편안 발표는 한 시간 간격을 두고 예정되어 있었다. 법무부 장관 조민국의 인사개편안과 엇비슷한 시간대에 맞물려 열리는 출판기념회인 셈이다. 한동현은 초청 인사들의 명패를 다시 한번 살폈다. 조민국 쪽으로부터 건네받은 인사이동 명단 중 이곳 서초동에서도 서울중앙지검, 고등검찰청을 뛰어넘어 대검찰청으로 들어오는 메인 선수들로만

꾸민 초청 인사 명단을 한동현이 흡족한 표정으로 바라봤다.

별것 아닌 것 같지만 초청 인사의 자리 배치와 축하 순서는 중요하고도 예민하다. 초청된 인물의 현재 위치와 초청장을 보낸 한동현의 의중을 함축하고 있다. 이번 책의 제목 『검찰개혁, 선택이 아닌 필연이다』에서 암시하는 진짜 개혁의 의미를 한동현은 검찰 내 식구들에게 주지시키고자 했다. 검찰은 개혁되는 게 아니라 개혁을 말하고 시작하는 곳이어야만 한다는 게 그의 철학이었다. 그렇기에 개혁의 주체는 검찰 외부가 아니라 검찰 자신이어야 한다. 그러한 한동현의 개혁 가치관을 표명하는 시발점이 바로 이 출판기념회이자 인사개편안이었다. 인사개편안 발표마저 조민국의 주도하에 대검찰청 공보실에서 이뤄진다는 소식은 한동현을 더욱 자신만만하게 만들었다.

다만 한 가지 그의 마음에 걸리는 건, 핸드폰에 연달아 찍혀 있는 부재중 전화 기록이었다. 법무부 장관 조민국이 전화를 받지 않는다. 문자메시지, 카톡, 텔레그램, 무엇을 남겨도 답이 없다. 불과 하룻밤 차이다. 어제 오전까지만 해도 그는 전화를 받았다. 총장을 찍어 누르는 게 법무부 장관에게 유리한 정치적 입장과 위상을 세우는 길이며, 검찰개혁의 선봉에 선, 검찰 조직에 밀리지 않고 뜻을 이뤄낸 최초의 법무부 장관의 반열에 오를 수 있 방법이라고 벌써 몇 개월째 그를 설득해왔다. S대를 졸업한 영남 출신, 검찰 조직에서 성골에 걸맞은 기질과 실력을 보여온 한동현이다. 그러니 조민국 같은 변호사 출신 정치인을 다루는 방법은 적당히 칼춤을 출 수 있도록 칼을 쥐여주는 게 정답이라고 확신했다. 개혁은 그저 대담하게 보이는 인사이동이나 실효성 없는 업무 개편안을 몇 개 언론에 던져주는 것이다. 그리고 여론과 죽이 맞는 정치인, 행정가의 비위만 맞춰주면 그만이라는 게 검찰의 오랜 인식이었다.

그런데 김병민은 그 규칙을 어기고 어처구니없는 짓을 벌인 것이다. 그런 돈키호테 같은 인물이 계속 설치도록 둘 수 없다는 것이 검찰의 중론이었다. 대검뿐만 아니라 지검장들의 동의까지 얻었으니, 한동현은 이번 자신의 김병민 쳐내기는 항명이나 쿠데타가 아니라 검찰 조직을 원래의 자리로 되돌리는 길이라 믿었다. 그리고 그는 설계하고 있었다. 이번 일만 완수하면 적당한 타이밍에 검사직을 내려놓고 여당이든 야당이든 찾아가 당선 유력지에 전략공천을 받으리라고. 입법부에 들어가서도 검찰은 위상과 존재감을 가져야 한다는 것을 역설하며 활동할 계획이었다.

조민국에게 마지막으로 다시 전화를 거는 순간이었다. 때맞춰 사람들이 들어와 강당에 플래카드를 걸었다.

— 현직 검사의 작심 고백, 검찰개혁, 선택이 아닌 필연이다.

받지 않을 것이라 생각했는데 놀랍게도 조민국이 전화를 받았다. 정확히 24시간 만에 성사된 전화 통화였다.

"장관님? 장관님입니까?"

"미안, 한 부장."

"어떻게 된 겁니까, 왜 전화를 안 받으세요?"

"내가 좀 바빴어."

"인사개편안 발표 때문에 그러신가요."

"뭐…… 그렇지."

"그런데 장관님 혹시 엠바고를 쓰신 겁니까?"

"무슨 소리야?"

"아직 언론 움직임이 없어서요. 기자들도 보이지 않고."

검찰 인사 발표에는 기자들이 줄을 잇기 마련인데, 출입하는 기자가 거의 없는 상황이었다. 그 질문에 조민국이 옅은 한숨과 함께 답했다.

"시기 조율이 필요하게 됐어."

"무슨 말씀이세요, 시기 조율이라뇨?"

"업무 개편안에 대해 법조계 늙은이들이 감수 좀 해야겠다고 설치네."

"그래서요?"

"그분들한테도 명분은 좀 줘야지. 어르신도 곧 비전 정책 발표 있으니까 혼자 튈 생각 말고 자기 다음에 터뜨리라고 해서 말이야."

"……그래도 인사이동은 명단 변경 없이 그대로 가는 건가요?"

"잠깐만, 한 부장."

"네."

"그걸 그렇게 확인받듯이 나한테 묻는 건 좀 아니지 않나?"

"얘기 다 된 거잖아요."

"아니, 난 말이야. 자네의 이런 태도를 말하는 거야."

"태도요? 그럼 정말로 태도에 대해서만 말씀하세요. 그런 종류고 사과가 필요하신 거면 무릎이라도 꿇겠습니다. 그런데 저한테는 이상하게 말을 돌리는 거로 들리네요. 갑자기 태도 얘기가 왜 나옵니까."

"갑자기가 아니지. 자네도 솔직해져봐."

"뭘 말입니까?"

"총장의 부적절한 내부 개혁은 핑계고, 그냥 쿠데타 아냐."

"하, 김 총장이 장관님에게 뭐라고 하던가요?"

"그건 자네들이 알아서 해결하고."

통화는 그렇게 끊어졌다. 개운치 않게 끝맺은 대화에 한동현은 갑자기 뒷골이 서늘해지는 느낌을 받았다. 이제 출판기념회까지는 30분도 채 남지 않았다. 한동현은 멍하니 산처럼 쌓인 자신의 책을 바라봤다.

*

하루 만에 상황은 완전히 뒤집혔다. 정확히 3시에 한동현의 출판기념회가 시작되었지만, 자리는 채워지지 않았다. 절반 이상이 빈자리였다. 한동현은 자신의 기분을 한마디로 요약할 수 있었다. '설마'에서 '역시'로의 변화였다.

'설마' 하는 마음이 있었지만 단지 마음뿐이었다. 아무리 뭔가 조짐이 좋지 않고, 상황이 예측 불가하게 느껴진다 하더라도 그건 순간적인 기분 탓일 뿐이라고 한동현은 자신에게 닥친 상황을 애써 덤덤하게 받아들이려 했다. 하지만 출판기념회 개최 후 한 시간이 지나자 '역시'로도 감당하기 어려운 현실이 찾아왔다.

가장 냉정한 현실은 축하 인사말을 맡기로 한 사람들마저 자리를 채우지 않았다는 사실이었다. 서울 내 지청에 근무하는 부장검사 중 이번 조민국의 인사개편안에 속하던 인물들, 승진이 예정된 인물들이 출판기념회에 참석하지 않았다. 빈자리를 보던 한동현은 핸드폰으로 정치부 최신 기사를 살폈다. 예정대로라면 법무부 장관 조민국의 검찰 인사개편안이 발표될 시간이었지만 그에 관련된 기사는 없었다. 한 신문사에 한동현의 당혹스러움을 해명해주는 기사가 올라온 게 전부였다.

검찰 인사개편안 무기한 연기. 법무부, 개편안 보강을 위한 검찰 공청회 개최가 우선이란 의견 개진.

한물갔거나, 혹은 아직은 설익어 보이는 정치인들이 흐름을 모른 채 한동현의 출판기념회에 참석해 장황한 인사말을 쏟아냈다. 그들 모두 약속이라도 한 듯 검찰개혁이란 구호가 가진 이상주의적인 측면을 강조했다.

"……한동현 부장검사는 우직한 투사라 할 수 있습니다. 그는 검찰이 외압에 흔들리는 정치적인 조직이라는 세간의 의혹이나 편견과 무관하게 검사 인생 외길을 걸어왔습니다. 또한 헌법정신의 수호, 오직 그 가치에 충실한 것이 검찰의 본질임을 그의 이력으로 증명해왔습니다. 그러므로 그는 자신감 있게 검찰개혁을 말할 수 있는 것입니다. 지금 이 대검찰청 대강당에서 말입니다."

이후로도 손님들은 저마다 그럴싸한 자세로 그럴듯한 인사말을 늘어놓았다. 취재를 온 기자들의 카메라 플래시가 연신 터졌다. 하지만 한동현의 굳은 표정은 내내 바뀌지 않았다. 그는 자리에 앉은 채로 초청받았지만 오지 않은 그들의 빈자리를 지켜보면서 메시지 전송하는 일에만 매달렸기 때문이다. 하지만 그들은 침묵했다. 명백한 무시가 이어졌는데, 불참한 모두가 약속이라도 한 듯 같은 반응이었다.

*

백동수는 이 상황을 출판기념회가 마무리되는 오후 5시까지 대강당 뒷자리에 앉아 지켜보기만 했다. 그는 기념회 내내 오직 자신의 손에 쥔 한 가지 파일에만 집중했다. 김병민 검찰총장 기소를 위해 준비한 조서였다. 관련 혐의만 해도 열두 개에 달한다. 조서상의 죄목만 열거해도 그 죄질의 악랄함에 치를 떨 수밖에 없는 조서. 대기하는 시간 동안 더욱 정교하고 치밀하게 세공한 문서를 손에 쥐고 있었다. 한동현이 사태의 추이를 지켜본 뒤 방향을 정하라고 했지만 사실상 공소장 접수가 언제든 가능하다는 게 백동수의 입장이었다.

출판기념회가 끝나고 인사개편안이 발표되고 나면 김병민은 그나마 남아 있던 자신의 수족들을 모두 잃게 된다. 그와 동시에 한 유망한 기업가의 고혈을 빨아먹은 희대의 뇌물수수 스캔들과 위력을 통한 강요 혐의로 기소되는 순서가 찾아올 것이었다.

하지만 이 순간, 한동현과 백동수의 계산에 없던 시나리오가 터지고 말았는데, 그 분출구는 바로 법무부 쪽이었다. 한동현과 그의 사람들로 새로이 채워지고 물갈이될 예정이었던 인사개편안이 불발되고 만 것이다. 어떤 식으로 들여다봐도 검찰총장 김병민과 법무부 장관 조민국 사이의 물밑 협상이 있었다고 볼 수밖에 없었다. 한동현의 출판기념회 초대석이 텅 비어 있는 모습이 바로 그 신호였다.

백동수는 비교적 침착하게 출판기념회가 끝나는 순간까지 그 모습을 지켜봤다. 한동현이 노골적으로 표정을 굳히고 상황 변화에 적응하지 못하는 모습을 보이자 사회자는 기념회의 하이라이트를 장식하는, 책의 저자 한동현의 생각을 묻는 코너를 아예 생략해버리기까지 했다.

인파가 썰물처럼 빠져나간 출판기념회의 마지막 순간, 한동현은 비로소 체념 내지는 허탈함 속에서의 어떤 깨달음에 이른 듯한 표정을 지었다. 그때 한동현과 백동수의 시선이 마주쳤다. 피차 민망함이 짙게 스민 눈빛임을 알 수 있었다. 그 순간 백동수는 한동현이 자신에게 질문하고 있다는 느낌을 강하게 받았다. 그 무언의 질문이 의미하는 바를 백동수는 충분히 짐작할 수 있었다.

'계산한 대로 맞아떨어지는 게 없어. 뭘 어떻게 하란 말인지.'

제물

조민국 법무부 장관 인사개편안 발표 연기, 검찰개혁안 골자 마련에 집중.

김병민 검찰총장 검사장 회의 소집, 건재 과시하나.

한동현 부장검사 출판기념회, 성황리에 종료. 국회의원 출마를 위한 설계인가.

백동수는 사무실로 돌아와 바로 노트북을 펼쳤다. 그러고는 최근 검찰 관련 기사를 클릭했다. 수없이 많은 글 사이에 뜬 단신 수준의 검찰 측 공보 안내문이 백동수의 표정을 굳게 만들었다. 검찰 측의 입장 발표 내용은 아래와 같았다.

김병민 현 검찰총장 고발 사건, 고발사주 의혹. 검찰 수사 여부 불투명.

한동현 부장검사의 출판기념회 당일, 백동수는 일부러 한동현과 말을 섞지 않았다. 한동현이 먼저 확실한 신호를 주긴 했다. 백동수를 아는 척하지 않았으니까. 그러다 순서 막바지에 거의 우연처럼 눈이 마주쳤는데, 그것이 결정적이었다. 백동수의 관점에서는 그랬다. 한동현이 자신을 바라보는 눈빛은 마치 용도폐기된, 하지만 뒤처리하기엔 상당히 곤란한 사람을 바라보는 눈빛이었다.

다음 날, 백동수는 901호로 출근하지 않았다. 더는 그곳에 갈 이유가 없었다. 대신 백동수가 향한 곳은 원래 자신의 자리, 서울중앙지검 사무실이었다. 하지만 달라진 점이 있었다. 단지 얼마간 자리를 비웠을 뿐인데 백동수와 3여 년간 손발을 맞춘 팀 식구들이 모두 교체되었다. 원래 있던 식구인 수사관과 사무직원은 전출 통보를 받아 사무실을 떠났고 빈자리를 메울 새로운 팀원은 공석이었다.

백동수는 조심스럽게 핸드폰을 만지작거렸다. 첫 통화 상대는 선해용 기자였다. 선해용은 백동수의 번호를 기억하고 있었는지 그의 전화를 받자마자 대뜸 질문부터 던졌다.

"한동현 그 친구, 전화 안 받죠?"

"……그걸 어떻게 아십니까."

"그 친구 스타일이 그래요. 결정적인 순간엔 늘 도망가죠. 겁이 많아요."

"무엇이 두려워서 도망가야 하는 건지 저는 모르겠습니다."

"그런데 참 지금 상황이 묘하긴 해. 그래서 아마 동현이가 백

검사와의 통화를 망설이는 건지 모르겠고요."

슬슬 약을 올리듯 말을 돌리는 선해용의 화법에 백동수는 울화가 치밀었다. 갑자기 묘하게 하대하는 듯한 느낌을 풍기는 것도 백동수의 심기를 건드리는 데 한몫 거들었다.

"기자님은 상황만 말씀해주세요. 어떻게 된 일인지."

"가만히 듣고 있자니 백검도 도둑놈 심보를 가지셨네."

"뭐라고요?"

"오고 가는 것도 없고, 내가 백검에게 정보를 흘려도 얻을 것도 없고. 그런데 왜 내가 이 상황을 백검, 당신에게 설명해줘야 하는 거지?"

"재미없겠지만 박철균 대표 사건, 당신도 참고인입니다."

백동수의 그 말에 선해용이 너털웃음을 터뜨렸다.

"오, 어이없네. 그래서 지금 경력 20년 차 기자를 수갑 채우겠다는 건가요?"

"걸음마 단계이긴 해도 진흙탕 싸움을 조금은 배워서요."

"걸음마를 떼야 하는 거 아닌가. 선 넘지 맙시다. 기소권 믿고 설치다 먼 곳 간 검사 많습니다."

"싸움 걸려고 이러는 거 아닙니다. 상황만 파악할 수 있게 대충이라도 말해주세요."

한 수 접고 들어간 백동수에게 선해용이 선심 쓰듯 입을 열었다.

"어제 출판기념회 봐서 알죠? 분위기가 어땠는지."

"인사개편 발표는 없었고 약속한 승진이 무산돼 부장님 라인이 휘청한 것 같습니다."

"바로 보셨네, 백 검사님. 그거예요. 쿠데타는 진압됐어요."

"어떻게 말입니까?"

"딱 보니까 그래요. 조민국하고 김병민이가 구린내 풀풀 풍기는 곳에서 만나 자기들끼리 말 맞춘 거요. 조민국 입장에서는 한동현 식구들이 들어와서 법무부 장관 영향력 보여주는 거나, 김병민이 안에서 조직 세탁해서 갖다 바치는 거나 둘 다 좋지요. 그런데 비교해보니까 김병민이 더 좋은 패를 가졌겠죠. 한동현 쪽보다 말이야. 그래서 김병민하고 조민국이가 아삼륙이 된 거지. 짝이 딱 맞아서."

그 순간 백동수의 머릿속에서도 그림이 그려졌다. 한동현이 김병민을 찍어 누르고 그 공을 조민국에게 바치면 조민국이 적당한 전리품을 하사하는 구도가 백동수 자신이 엮인 판이었다면, 지금은 반대의 그림이 그려졌다. 조민국이 김병민의 손을 들어주고 자신은 한 걸음 물러나는 모양새를 보이고, 김병민이 더 잔인하게 칼춤을 춘다. 백동수가 그 지점까지 생각이 미쳤을 때, 선해용이 물었다. 지독한 기자의 본능을 참지 못하겠다는 듯.

"내가 지금 진짜 궁금한 게 있는데, 그게 백 검사님 목숨 줄과 맞닿아 있어요."

"무슨 뜻이죠?"

"한 가지 맞혀볼까요? 지금 901호에서 철수했죠?"

"네."

"본사 예전 식구들 그대로예요? 아님, 교체되었어요?"

"없어요."

"없다? 교체도 아니고 다른 라인에서 온 것도 없다?"

"네."

"맞네, 맞아……. 백검, 당신이 제물이야."

선해용이 말을 할수록 백동수는 까닭 모를 분노가 치밀었다. 기자가 검찰 조직의 생리를 당사자보다 더 빠르고 교묘하게 파악한다는 느낌이 기분을 더럽게 만들었다. 그 느낌이 단순한 짐작이 아닌 가능성 있는 추측이라는 부분이 특히 더 그랬다.

"한동현은 곧 김병민과 거래를 할 거예요, 당신을 제물 삼아."

"……."

"백 검사님 지금 입이 근질거리죠? 묻고 싶어서."

"제가요?"

"둘이 어떻게 거래가 가능한지 궁금한 것 아닌가요. 그 원수처럼 굴던 인간 둘이 말이에요."

선 기자의 말은 사실이었다. 하지만 백동수는 그것마저 인정할 수 없어 침묵했다. 선해용이 백동수의 침묵을 긍정으로 해석하고 말을 이었다.

"유치하지만 간단해요. 동현이와 내가 이념으로는 사실 극과 극이지만 친구 사이가 유지되는 것처럼 김병민이랑 한동현도 학교와 출신지가 같으니 그럭저럭 통하는 데가 있거든."

"그런데 나는 라인에 걸리는 게 없는 야인이니 제물이 된다?"

"백 검사가 안쓰럽지만 그게 사실이죠."

"지금 이런 걸 기자님과 말하고 있는 제가 한심스럽네요."

"일목요연하게 정리하니까 그래도 좀 개운하죠?"

"개운하긴 한데…… 기자님도 그렇고, 모두 하나 잊은 게 있는 것 같습니다."

"뭘 더 짚을 게 남았으려고."

"서초동 리그는 말입니다, 토너먼트제가 아니거든요. 밟는다고 사라지는 게 아니죠. 그걸 이번 일을 하는 동안 깨달았다고 하면 설명이 될까 모르겠네요."

"무슨 소리를 하는 건가요."

"조만간 다시 전화하겠습니다."

"백 검사가 따로 설치한 트리거라도 있어요?"

선해용의 물음에 답하지 않고 백동수는 전화를 끊었다. 화가 났지만 생각을 달리하니 조금은 마음의 위로가 되는 듯했다. 그토록 잘난 체하는 기득권의 네트워크가 보지 못하는 것을 백동수 자신은 보고 있다. 비록 검게 덧칠되어 있긴 해도 누구도 쉽게 상상하지 못한 그림을 말이다.

쿠데타

"경치 볼만하지?"

"네, 그렇네요."

"팁 하나 말해줄까? 여기 박 대통령도 왔다 갔어."

"박정희가요?"

"시대착오적인 새끼. 야, 박근혜 말이야. 수감 중에 어깨인가 뭔가 수술한다고 입원했잖아. 그게 여기라고."

서울성모병원의 1인용 VIP 병실은 아무나 사용하는 게 아니란 걸 강조하는 듯한 한동현의 말에 백동수는 병실 안을 둘러봤다. 한동현은 박근혜의 특혜를 언급하며 자신이 전직 대통령과 비슷한 클래스라는 느낌의 말을 독백처럼 중얼거렸다. 전직 대통령이 뒤집어쓴 정치적 오물은 상관없고 그 찬란했던 영광만을 공유하려는 속성에서 비롯된 말인 것을 이제 백동수는 알 수 있었다.

출판기념회에서 받은 충격 탓인지 한동현은 사흘의 병가를 내고 이곳 서울성모병원에 숨어들었다. 백동수는 그 모습에 자신의 짐작이 틀리지 않았음을 확신했다. 백동수는 한동현에게 그대로 돌직구를 던졌다. 그 역시 독백하듯 중얼거리며.

"대검이나 서울중앙이나, 특수부는 정말 할 일이 없는 것 같네요."

"왜 그렇게 생각해."

"지방검찰청 검사들이 병가를 써본 적이 있을까 싶어서요. 그것도 사흘씩이나."

"특수부는 대신 선택과 집중을 하는 곳이잖아. 쥐새끼나 피라미 잡는 데 힘을 쏟지 않아. 호랑이를 잡아야 하니까."

평소 같으면 욕이라도 쏟아부었을 한동현이었다. 엘리트 코스를 밟아온 대검의 핵심 요직을 차지한 부장검사인 한동현의 입장에서 보면 아무것도 없는 잡놈이 백동수의 정체성이다. 백동수가 서울중앙지검에서 기피 업종인 형사부도 아닌 엘리트 부서인 특수부에 있는 것은 전시 목적 아니면 이례적인 상황에 불과했다. 그런 백동수가 자신에게 이런 식의 조롱 섞인 말을 던지는 것이 대단히 어처구니없었다. 그런데도 그는 백동수의 비아냥을 넘기고 차분히 답해주었다.

그 가라앉은 태도엔 분명한 이유가 있었다. 그게 백동수를 더욱 못 견디게 했다. 평소와 같지 않은, 갑자기 돌변한 상황 때문에 후배 평검사를 설득 내지는 회유해야 하기에 고분고분한 것이 너무나 투명하게 보였다. 백동수는 애써 침착하려 했지만, 아랫입술이 저절로 떨렸다. 더운 날이 아니었음에도 식은땀이 이마, 콧등 그리고 목덜미에 맺힌 채 차갑게 식어갔다.

명색이 입원 중인 환자임에도 환자복으로 갈아입지도 않고 노트북 앞에 앉아 있는 한동현이 다 안다는 식으로 고개를 끄덕였다.

"그래, 백 검사. 이게 무슨 좆같은 상황이냐고 생각하겠지. 그 기분 알아."

"제가 무슨 말을 했습니까? 그냥 특수부가 대단하다는 말을 하고 있었어요."

"내가 어제 누구를 만났는지 알아?"

"……."

"김병민."

"그렇군요."

"총장이 어제저녁, 자기 발로 직접 이곳에 들어왔어. 들어오자마자 저 죽여주는 경치를 보며 한마디 하더군. 우리 교회 목회자 당회장실에서 본 서초동 뷰도 괜찮은데 여기도 나쁘지 않군요, 라고."

"……."

"그러더니 또 이런 말도 하더군. 아무튼 한국 사회는 이 정도면 공정한 축에 속한다고."

"뭐가, 대체 어떤 근거로 공정하다고 말한답니까?"

"한강 뷰, 서초 뷰, 이 멋진 풍경 말이야. 물론 자격 있는 이들이 독점하기도 하지만 층위와 무관하게 모두 감상할 수 있는 장소가 많다는 점에서 공정하다고 하더군. 그분이 말이야."

"개소리네요."

"어허, 말이 좀 심하네."

백동수는 한동현이 자랑하는 서울성모병원 VIP 병실에서 보이는 서초동 풍경을 지켜봤다. 번잡함과는 거리가 먼, 엄격하게 정돈된 분위기. 정교하게 만들어진 명품으로 탑을 쌓아 올린 듯한 느낌으로 질서정연하게 무장한 야경이 눈에 들어왔다. 하지만 그 밑의 세상인 차도는 달랐다. 수많은 차량의 불빛이 촘촘히 박힌 그곳은 아수라장을 방불케 했다. 빛나는 명품의 세상, 그 바닥에서 계층 구분 없이 뒤섞인 모습이 인상적이었다. 그사이 한동현이 헛기침을 두어 번 반복했다. 크리스털 잔에 반쯤 담긴 물도 모두 비웠다. 백동수는 목이 타는 듯 게걸스럽게 물을 마시는 한동현을 바라봤다.

"총장님과 어떤 밀담을 나누신 건가요?"

"밀담은 무슨……."

"총장이란 호칭도 생략하고, 계급장 떼어낼 기세로 들개처럼 으르렁거리실 때는 언제고, 이젠 '그분'이라 부르시는 걸 보니 밀담의 결과가 제법 성공적이었나 봅니다."

"너 계속 말을 싸가지 없게 한다."

"저는 부장님처럼 족보가 있는 게 아니라 버릇없나 봅니다."

식은땀이 멈추지 않았다. 하지만 이제 와 멈출 수도 없는 노릇이었다. 김병민이 자신을 찾아왔다고 말하는 한동현의 말에 담긴 속뜻을 모르지 않는 백동수로서는 선택의 여지가 별로 남지 않았다. 백동수는 한동현이 혹여 이 상황의 심각성을 무시할까 봐 거듭 핵심을 짚었다.

"족보도 뭣도 없는 잡놈을 끌어다가 901호에 가둬놓고 현직 총장 걸어 넘기려고 온갖 세팅을 다 하셨죠. 김병민 총장 고발이란 타이틀의 관련 기사만 5백 개가 넘어요. 그리고 그 기사 꼬리엔 어김없이 제 이름이 따라붙었습니다."

"그러기로 선택한 사람의 몫 아닌가."

"현직 총장 기소해 재판에 부쳐, 그 덕에 언론에 이름이 알려지게 되고, 슬프게도 그 때문에 조직에서 배척당해 한 몇 년 지방으로 유배당했다가 법무부에서 적당할 때 부르면 대검이나 연구원으로 돌아온다. 이런 과정이 부장님이 말씀하신 몫이라면 당연히 감당해야죠."

"……."

"하지만 지금은 다릅니다."

"뭐가?"

"부장님이 저한테 전혀 다른 걸 요구하실 거니까요."

그 말과 함께 백동수가 자신의 핸드폰을 꺼내 테이블 위에 올려놓았다.

"딱 반나절이에요. 그동안 제가 받지 않은, 부장님이 건 전화만 50통입니다. 이게 새로운 오더를 얘기하려는 목적 아닌가요?"

"제대로 봤네. 눈치가 아예 죽진 않았어. 그런데 말이야……."

"……."

"눈치가 반은 채워졌는데, 반은 텅 비었네. 속 빈 강정이야. 새로운 오더가 뭔지 들어보고 나서 개길지 순종할지 결정하지 그랬어."

"그 새로운 오더가 대충 어떤 그림인지 제가 읊어볼까요? 입 아프실 테니."

"이 개새끼가 그런데 보자 보자 하니까!"

"그냥 들으세요. 부장님이 말하는 그 새로운 오더 읊어보죠. 내가 총장하고 적당한 선에서 거래 마쳤으니 기소 준비는 여기서 중단. 그런데 이미 총장을 고발했으니 그에 대한 수습이 필요하다. 우선은 너를 지청으로 좌천시키거나 직무 정지 먹인 다음 적당할 때 기회를 봐서 대검으로 스카우트하겠다. 대충 그런 느낌이겠죠. 고발사주 의혹을 무마하기 위해, 평검사가 의욕 과다로 인해 독단적으로 표적수사를 성급히 진행한 끝에 나온 고발이라는 프레임을 씌워서요."

백동수가 한마디도 쉬지 않고 말을 이어가는 모습을 잠자코 지켜보던 한동현이 피식 웃음을 흘렸다. 짐짓 여유 있는 척했지만 한동현도 긴장한 기색이 역력했다. 백동수가 전혀 물러설 분위기를 보이지 않기에 그랬다.

"그래, 잘 짚었어. 우리로선 일단 봉합하는 게 최선이니까."

"그런데 결정적인 게 빠졌어요. 보장이 없습니다."

"무슨 보장?"

"일단 지방으로 내려가 있어라, 적당할 때 기회 봐서 부른다. 그 적당한 때가 정확히 언제인지, 그리고 그 적당하다는 타이밍을 누가 잡는지, 부장님이 대검으로 부르지 않으면 나는 어떻게 되는지, 뭐 하나 확실한 게 있습니까?"

"야, 백동수. 넌 나 뭘 믿고 시작했냐?"

"네?"

"정식으로 계약서에 사인하고 공증받고 그래서 시작한 거야? 아니잖아. 분위기, 흐름, 대세, 그 뭐야? 계산. 그런 여러 합이 맞아서 함께하기로 한 거 아니냐고."

"그래서 바로 그걸 말하고 싶은 거예요."

"뭐?"

"확실한 게 없다고요. 처음부터 그랬어요. 박 대표 죽음도, 그 시작부터 확실한 게 아무것도 없었죠. 그런데 억지로 사건을 만들어서 키우고, 끼워 맞추고. 그렇게 접근했습니다."

"그래서, 하고 싶은 말이 뭐야? 뭐 어쩌겠다는 거야."

"확실하게 할까 합니다. 저 차들 좀 봐주십쇼."

"이 새끼가 오늘 뭘 잘못 처먹었나. 왜 이렇게 오락가락 횡설수설이야?"

그렇게 말하면서도 한동현은 창가에 있는 백동수 옆으로 다가갔다. 백동수가 들어왔을 때만 해도 서초역 사거리에서 고속버스터미널로 이어진 8차선 도로는 폭증한 차량으로 아수라장이었다. 하지만 지금은 차량의 불빛이 질서 정연하게 조금씩 정돈되기 시작했다. 백동수가 그 풍경을 바라보며 말했다.

"확실해지는 겁니다. 처음엔 혼돈뿐이었지만 차츰 제 모습을 찾아가는 거죠. 맞는 선 안으로 모두 속하게 되는 겁니다."

"뭐가?"

"모비딕 펀드 비리를 규명할 겁니다."

"이 새끼가 미쳤나. 경제부도 얌전히 찌그러져 있는 걸, 네가 무슨 수로?"

"검찰총장도 기소하려고 덤빈 놈으로 이미 낙인찍혔는데, 뭔들 못 하겠습니까. 더구나 조금만 털어도 이 정도인데, 사건 규모가 커지면 막지 못할 것 같던데요."

"야, 백동수. 정신 차려."

"……."

"네 진짜 목적이 뭔데? 뭘 하고 싶은 거야!"

"단순하게 말하겠습니다. 공무원인 저한테 지금 주어진 일이요."

"그러니까 그 주어진 일이 뭐냐고? 너한테 주어진 일이란 건 말이야, 내 제안을 감지덕지한 마음으로 받아 처먹는 거야. 그게 최선이라고. 그 외에 뭐, 다른 게 있을 줄 알아?"

"제가 협상가도 영업사원도 아닌데, 그 일을 본업으로 삼으면 안 되죠."

"그럼?"

"사건이 주어졌고, 그 사건을 위해 노력했어요. 그럼, 그 노력대로 가야죠."

"이 새끼야, 그 주어진 사건이라는 게 처음부터 거래를 위해 만든 생쇼잖아. 근데 뭘 노력해?"

"……."

"막말로 이미 뒈져버린 박 대표 그 새끼가 던진 떡밥, 안 물어본 새끼가 이 바닥에 어디 있는 줄 알아? 그거 엮자고 달려들면 뭐가 되는데?"

"그런데, 어떡하죠. 저는 일에만 관심이 있어서요. 처음부터 지금까지요."

"이 개새끼, 처음부터 이럴 작정이었어?"

"좋을 대로 생각하세요."

"이거 완전히 개또라이 새끼 아니야."

한동현의 본래 기질이 튀어나왔다. 한동현은 백동수의 코앞까지 얼굴을 들이밀고 눈을 부라렸다. 백동수가 자연스럽게 그의 눈을 피했다.

"너, 까불지 마. 너 같은 새끼, 뭐 특별한 게 있다고 기회 준 줄 알아? 평검사 새끼들 널리고 밟히는 게 검찰 바닥이야. 라인도 없는 새끼한테 적선 좀 베풀었더니 어디서 황당하게 개기고 있어."

"라인 없으니까 오더 맡긴 거잖아요. 그러니까 저도 제 나름대로 살길 찾겠다는 겁니다. 라인 없이도 살아남는 길 같은 거."

"그런 건 없어, 새끼야. 네가 살길은 내 말을 듣는 것뿐이야."

"당신네 협상에 애초부터 난 없었어요. 그게 팩트잖아요."

"……."

"돌아가겠습니다. 치료 잘 받으세요. 대체 어디가 얼마나 아파 이런 곳에 입원하셨는지 전혀 모르겠지만, 아무튼요."

*

선해용은 그야말로 새롭게 심장이 뛰는 기분을 느꼈다. 정치부, 법조계 기자로 잔뼈가 굵은 지 거의 20년 가까이 되는 그였지만 지금처럼 흥분되는 소스를 받아본 건 오랜만이었다. 더욱이 단독이라니.

선해용은 믿을 수 없게 흥분한, 그래서 조증에 가까운 기분을 애써 억누르지 않은 채 핸드폰을 스피커폰 모드로 노트북 위에 올려놓았다. 통화 대상은 백동수였다. 선해용은 받아쓰기하듯 실시간으로 기사를 쓰고 있었다. 시간은 새벽 2시, 신문사의 윤전기가 돌아가기 직전이었다. 백동수가 10분 전에 선해용에게 전화를 걸어 담담하게 몇 마디 게워낸 게 특종의 시작이었다.

"다시 말해봐요. 공소장을 냈다는 거요?"

"한동현 선배도, 서울중앙지검 검사장도, 법무부 장관 라인도 이미 협의되어 있던 사항입니다."

"그건 윗선에서 딜하기 전의 상황 아닌가."

"그 상황, 오늘 자정까지는 유효했어요."

"무슨 말이에요? 유효했다고? 왜 과거형인데?"

*

새벽 2시 25분. 백동수를 태운 택시가 서울중앙지검 앞에 멈춰 섰다. 당직을 서는 경비에게 간단히 눈인사하고 곧바로 당직실로 들어갔다. 그러고는 예약한 취조실을 확인했다. 중앙지검의 취조실 예약 리스트를 보며 백동수는 쓴웃음을 지었다.

'여전히 일 제대로 안 하네. 빌어먹을 서초동.'

예약한 취조실은 305호. 휴게실에서 뜨거운 아메리카노를 뽑은 뒤 백동수가 취조실로 들어서기 시작한 순간까지, 그와 선해용의 통화는 계속되었다. 305호 취조실에 들어온 백동수가 노트북과 자료를 펼치기 시작했다. 그도 선해용처럼 스피커폰으로 전환했다.

"그게 정말이요?"

"부장님이 주신 백지 결재서류가 오늘까지 유효했습니다."

"아니, 잠깐만. 그렇다고 한동현이가 계산 끝내고 종료한 건을 백 검사가 임의로 부활시켰다, 이거요?"

"임의로가 아니죠. 전 시키는 대로, 제게 맡겨진 사건을 제대로 조사하려는 것뿐입니다."

"한동현이가 가만있지 않을 텐데요."

"가만있어야 할 거예요."

"무슨 소리요?"

"잘못하면 부장님도 조사 대상에 올라갑니다."

"하. 이거 참."

"단독으로 드릴 테니 지금 바로 기사 내보내세요. 팩스와 이메일도 보냈는데 새벽이라 총장님께서 확인을 안 하시네요. 이렇게 되면 긴급체포 사유가 되는데…… 번거롭게 경찰까지 보내야 하나."

"알았습니다. 이거 지금 나한테만 보내는 거 맞죠?"

"뒷수습은 걱정 마세요. 이건, 조작이 아닙니다."

"진짜라……. 내 촉이 믿으라고 신호를 보내긴 하네요."

"잠깐만요."

백동수가 빠른 손놀림으로 스캔한 문서 하나를 메신저로 전송했다. 공소장이었다. 피고인은 김병민이었고 죄목은 한두 개가 아니었다.

선해용과 통화를 끝낸 뒤 백동수는 한동현에게서 걸려 온 전화와 문자메시지의 총량을 헤아렸다. 부재중 통화 125통, 미확인 메시지 232통이었다.

미지근해진 아메리카노를 마시면서 그 메시지를 읽어 내려갔다. 경고, 회유, 설득, 애원. 다양한 방식으로 쏟아진 메시지의 끝은 예상대로 협박으로 마무리되었다.

—너 진짜 왜 이러는 거냐. 이 또라이 새끼야!!!

—정신 차려. 여기, 서초동이야.

232통의 문자메시지에서 그 두 메시지만이 기억에 남았다. 이상하게 거슬렸다. 뭔지 모를 성가신 느낌, 처치 곤란한 오물을 마저 치우지 못한 찝찝함, 백동수의 현재 기분은 그랬다. 그와 함께 차분히 그간 준비했던 공소장, 고소문, 관련 자료를 다시금 살피기 시작했다. 90여 장에 달하는 공소장 출력물을 꼼꼼히 밑줄까지 쳐가며. 그렇게 시간이 지나고 305호에도 새벽 여명이 서서히 밝아오기 시작했다.

*

김병민은 불쑥 알 수 없는 느낌에 사로잡혀 새벽 5시에 눈을 떴다. 그는 바로 양복을 챙겨 입고 교회로 향했다. 누군가 자신을 바라보는 시선이 느껴진 건 새벽기도를 위해 별관으로 들어가면서부터였다. 새벽기도에 참여하기 위해 나선 복장으로는 보이지 않는 몇 명의 남자가 서성거리는 게 눈에 언뜻 뜨인 것이 김병민의 마음을 못내 심란하게 했다. 그래도 기도하는 동안엔 최대한 집중하고 싶었다. 모든 게 잘 마무리되지 않았는가. 눈엣가시 같았던 법무부 장관 조민국과의 관계도 대충 봉합되었고, 내부 항명 위기 역시 마무리되는 분위기였다. 그런데 왜 이렇게 마음이 불안한지 김병민은 그 불안의 이유를 도무지 찾아낼 수가 없었다. 하지만 그저 믿음의 부족이라고만 생각하기엔 조금 전 눈에 띈 남자들의 잔상이 지워지지 않았다. 더욱이 그들은 피하지 않고 노골적으로 자신과 눈을 마주쳤다. 돌이켜보면 사법연수원에서 나와 검사로 임용된 이후, 조직 내 선배들을 제외하고 자신과 똑바로 눈을 마주하는 이들을 거의 본 적이 없었던 것 같다는 생각이 뇌리를 스쳤다. 대부분 눈을 피하거나 다른 곳을 보거나 했다. 검사와 마주하는 일이 일반인은 물론 공직에 있는 사람들 역시 부담스러운 탓이라고 생각했다. 그런데 방금 본 그들은 달랐다. 그들이 누굴까.

결국, 김병민은 궁금증을 참지 못하고 핸드폰을 확인했다. 꽤 많은, 아니 사실상 거의 재난 수준의 엄청난 부재중 통화와 문자메시지가 찍혀 있었다. 핸드폰을 무음 처리하지 않았다면 아마 설교와 기도 시간 내내 진동이든 벨이든 난리가 났을 것이다.

김병민은 부재중 전화를 확인하지 않고 곧바로 포털 앱을 클릭했다. 그러자 불분명했던 불안이 곧 현실이 되어 몰아닥쳤다. 선해용 논설위원이 단독 타이틀을 달고 직접 쓴 기사가 포털 메인과 검색어 상위권을 차지해버린 것이다. 제목만 봤지만, 김병민은 이미 사태의 심각성을 짐작한 듯 자신도 모르게 욕설을 내뱉었다.

"이런 미친 새끼가."

문 앞에 기다리고 있는 남자들은 김병민이 기도를 끝내고 일어서기를 기다리고 있었다. 그들이 움직이기 전에 김병민이 한발 먼저 행동했다. 서둘러 기도를 끝내고 자리에서 일어선 김병민은 문밖에 서 있는 경찰들을 밀치고 복도로 나왔다. 그리고 눈치를 보는 경찰들에게 짧게 말하며 핸드폰을 들었다. 본격적으로 싸우기 위한 태세를 갖춘 것이다.

"빨리 갑시다."

김병민 검찰총장 고 박철균 대표 뇌물수수, 청탁금지법 위반 혐의로 전격 소환. 추가 기소 안건인 모비딕 펀드 불법 이권 개입 혐의는 추후 조사 예정.

팩트 미러링

"식사는 하셨습니까?"

"……."

"이른 시간이니까 아직 안 하셨겠네요."

"……."

"정문으로 들어오시기 불편하셨겠습니다. 매번 피의자들 포토라인 세우는 장면만 보다가 직접 통과하기가 그러셨을 것 같아서요."

"……."

"포토라인이 없어져도 공인은 관행적으로 언론 노출을 감당해야 한다. 그게 총장님 지론이셨으니까요. 억울하진 않으실 겁니다."

"자네, 백동수라고 했나?"

"네."

"소속은? 중앙?"

"네. 들어온 지 2년 안 됐습니다."

"그럼 거두절미하고, 2년씩이나 서초동 밥 먹었다면서 이 무슨 무도한 짓이지?"

"그렇습니까? 무도한 짓인지는 잘 모르겠고, 전 그냥 혐의가 넘치도록 있는 피의자를 조사하려는 것뿐입니다."

"미치겠군. 뭐가 넘쳐?"

"조사를 시작해도 되겠습니까, 총장님."

"내가 총장인 것은 아네."

"당연한 말씀을요."

"그럼 한동현하고 나 사이에 이야기가 끝났다는 걸 모르는 건가?"

"그것도 알고 있습니다."

"……장관 쪽하고도 협상이 마무리되었다는 것도?"

"네."

"그런데 왜 이러는 거지? 당최 이해할 수가 없군."

"평검사 나부랭이가 왜 이러는 거냐고 받아들여도 되겠습니까?"

"아니야. 그런 뜻은 아니지."

"그럼 방금 질문하신 말씀의 진의를 여쭤도 되겠습니까?"

"거창하게 진의씩이나……. 그냥 난 왜 우리 젊고 전도유망한 백동수 검사가 시작부터 끝까지 정치적인 조작으로 이뤄진 이 사건을 이런 식으로 판을 벌이는지 묻는 거야."

"조작이라……."

그제야 백동수가 노트북을 열었다. 본격적인 수사를 시작한다는 의사 표시도 있었지만, 사실은 더는 김병민과 눈을 마주하고 싶지 않아서였다.

취조실 305호. 외부 참관인은 당직 직원 한 명이 전부였다. 백동수, 김병민의 핸드폰은 모두 진동 상태였는데, 계속해서 울렸다. 한순간도 쉬지 않고 울리는 것 같았다. 취조실 책상 위에 있는 둘의 핸드폰이 계속 진동하자 김병민이 말문을 열었다.

"전화 좀 받아도 되겠나?"

잠시 뜸을 들인 백동수가 짧게 답했다.

"안 됩니다."

"안 된다고?"

"지금 조사 중이니까요. 심문에 방해되니까 절대 안 된다고 선배님들께 호되게 배웠습니다."

백동수의 말에 김병민이 헛웃음을 터뜨렸다. 백동수도 무례하지 않은 선에서 따라 웃으며 말했다.

"전 총장님을 대선배님으로서 존경합니다."

"존경한다면서 이런 식인가?"

"지금도 물론 존경합니다."

"자네…… 지금 뭐 하자는 거야?"

"존경하는 마음이 있으니까 조사도 그렇고, 뭐든 정식으로 해야 할 것 같아서요."

"정식으로 하든 뭐든 좋은데, 먼저 내 질문에 답해."

"뭘 말입니까?"

"치매야? 아까 한 말 잊었어?"

김병민이 슬슬 본성을 드러내기 시작했다. 취조실에 사람을 가두고 같은 질문을 무례하고 빠른 속도로 추궁하듯 반복해 물으며 궁지에 모는 방식은 그에게도 익숙했다. 지금 김병민의 눈에 백동수는 야생에서 마주친 미친 살쾡이 정도로밖에 보이지 않았다. 조심스럽게 다뤄야 하는 건 맞지만 이 취조실만 빠져나가면 도살해버릴 짐승. 그런 심사가 김병민의 눈빛에 모두 담겨 있었다.

"똑바로 말해. 마지막 기회니까."

"뭘 말이죠?"

"슬슬 짜증 나려 하네."

"총장님, 지금 순서가 바뀌었다는 건 알고 계시죠?"

"뭐야?"

"제가 조사하는 사람입니다. 총장님은 피의자고요. 제가 질문하는 겁니다."

"이 새끼가 진짜……."

"그리고 지금 하는 말들 모두 녹취됩니다."

"뭐라는 거야!"

"다시 말씀드려요? 질문도 제가 하고요, 듣는 것도 제가 한다고요. 총장님은 성실히 답변하고 소명하세요."

"이런……."

불가항력의 자연재해 같았다. 절대 말이 통하지 않을, 누겁고

단단한 벽이 백동수에게서 느껴졌다. 김병민은 지금 이 순간만큼은 두 평 남짓한 취조실에 갇힌 피의자 그 이상도 이하도 아니었다. 백동수가 김병민을 그렇게 만들었다. 순간 억울한 마음이 목 끝까지 치밀어 올랐다. 김병민은 그 억울함을 어떻게든 해소하고 싶었다. 그러지 않으면 자칫 자신이 정말로 피의자의 수치심을 그대로 느낄 것 같았기 때문이다.

"백동수 검사, 잘 들어. 지금 이게 말이 되는 수사라고 생각해?"

"……."

"이건 처음부터 한동현하고 검사장 몇이 검찰 내부 개혁에 항명하려고, 날 찍어 누르겠다고 조작한 건이야. 조민국 장관은 판 돌아가는 걸 비열하게 관망하는 거고."

"……."

"그런데 무슨 조사야? 뇌물수수, 청탁금지법 위반, 재판 개입? 게다가 모비딕 펀드 조성 이권 개입이라니, 이게 다 무슨 소리야."

"저도 그렇게 알았었습니다."

"었다? 왜 과거형이지?"

"이 서류들을 종합하고 공소장을 쓰기 전까지는요."

"뭐?"

"이제부터 제 공소장을 한번 같이 공부해보시겠습니까?"

"……."

"같이 보는 건 영 닭살 돋을 것 같아 따로 출력했습니다. 제법 두껍죠?"

백동수가 책상 아래 두었던 파일을 집어 김병민에게 건넸다.

그의 말대로 두꺼운 백과사전 한 권 분량을 방불케 했다.

"피의자 관련 통화 기록과 계좌 명세까지 합쳐진 파일이라 좀 두껍습니다."

"이게 뭔데?"

"총장님과 관련된 혐의의 실체입니다."

"……."

"조작이 아니라 팩트더군요."

"뭐?"

"한동현 부장검사님. 그분은 진짜 같아 보이게 만들라며 서류를 넘겨주셨어요. 그런데, 그 서류에서 총장님의 연루가 사실로 입증되더란 말입니다. 그것도 민망하리만치 구체적으로요."

김병민은 지금 이게 무슨 상황인지 어지럽기만 했다. 백동수가 더없이 진지한 눈빛과 표정으로 파일을 펼치며 설명을 시작했다.

*

"지금 몇 시지?"

"8시입니다."

이제 겨우 한 시간 지났다. 시간이 어째서 이렇게 더디 갈까 하는 의문과 어떻게 이 사태를 수습할까 하는 초조함이 김병민의 마음을 강하게 조여왔다. 취조실 정면에 걸린 시계는 시침, 초침 모두 맞지 않았다. 정해진 규칙대로 움직이지 않았고 현재를 가리키지도 않았다. 백동수가 구두로 알려준 뒤에야 시간을 알 수 있었다.

"꽤 오랫동안 말한 것 같은데 한 시간밖에 안 지났다니."

김병민의 그 말 속에는 지금까지 걸어온 검사직에 대한 회의감이 느껴졌다. 현역에서 물러난 지 2년도 채 되지 않으니 그렇게 먼 과거 일도 아니지만, 그가 현역 때 피의자 조사를 하면 기본이 열 시간, 열두 시간이었다. 한나절이 넘도록 같은 질문을 조금씩 바꿔가며 묻고 또 묻는 게 습관으로 굳었던 그때엔 항상 시간이 빨리 흘러간다고만 느꼈다. 늘 주어진 시간이 아쉬웠다. 조금만 더 있으면 더 많은 증언과 자백을 받아내 더 완벽하게 혐의를 입증할 수 있다고 믿었다.

그런데 상황이 뒤바뀌니 미칠 것 같았다. 시간이 이처럼 더디갈 수가 없었다. 백동수의 태도와 질문이 특별히 공격적이거나 빠른 것도 아니었다. 하지만 답을 하는 내내 김병민은 심장이 평소보다 훨씬 빠르게 뛰는 걸 느꼈다. 목덜미와 이마에 식은땀이 맺히는 건 기본이었다. 취조실에 들어와 앉을 때부터 이미 김병민의 목덜미와 겨드랑이, 심지어 손등 위에까지 식은땀으로 흥건히 젖어 있었다. 백동수가 노트북에 시선을 고정한 채 말했다.

"보통 기본 조사가 다섯 시간인 거 아시잖아요."

"그런데…… 방금까지 무슨 말을 했지?"

"기억 못 하세요?"

"하도 말도 안 되는 질문을 하길래 기가 막혀 잊어버렸지."

김병민의 답은 실제 심경이기도 했다. 시간을 확인하려 마음먹은 것도 백동수의 질문이 김병민의 말문을 막히게 만드는 황당한 것이었기 때문이다.

“별거 아닙니다. 금품수수, 외압에 대한 추궁이었습니다. 박철균 대표가 만나고 다녔던 기자들을 총장님도 만나셨잖습니까.”

“기자들 좀 만났다고 그게 금품수수, 외압이라는 게 말이 되나?”

“그 기자들이 모두 박 대표에게 금품을 수수했거든요.”

“그러니까, 그 기자들이 자살한 박철균한테 돈을 받은 게 나하고 무슨 상관이라는 거지?”

“서류 안 보셨어요?”

“여기, 이 명세서?”

“네. 기자들 지갑에서 나온 것입니다. 총장님하고 식사한 비용이고요.”

“……미친 새끼.”

“말 계속 들으세요. 그 기자들이 이런 뉘앙스로 진술했습니다. 총장과 식사 자리에서 최근 굵직한 사건이 없어서 고민이다, 제대로 될 만한 거 특정하지 않으면 안 되겠다고 총장님이 말씀하셨다고 말이에요.”

“그게 어떻게 외압이 될 수 있지?”

“식사 비용도 기자들이 지급했으며…….”

“그건 그자들이 무슨 정보 캐낼 게 없을까 하고 먼저 접근했기 때문이지, 그게 김영란법에 저촉이라도 되나?”

“중간에 말 끊지 마시고요. 물론 김영란법 저촉되는 예도 있었습니다. 5만 원을 넘는 일도 흔했으니까요."

"나 참, 기가 막히네."

"그리고 또 기자들에게 굵직한 건수 운운하면서 박철균 대표에 관한 이야기를 하신 것도 있습니다."

"박철균 대표가 펀드 운용하는 걸 모르는 사람도 있나? 그게 어떻게 외압이 되냐는 말이야!"

"총장님이 기자들 만난 다음 날, 기다렸다는 듯 박철균 대표 관련 기사 쏟아졌죠. 그리고……."

"그리고?"

"박 대표 핸드폰에 SNS 비밀 계정이 꽤 난잡하게 깔린 거 아시죠? 거기에 총장님 이름이 계속 등장하더군요."

"……그따위 낙서들. 내가 못 본 줄 알아?"

"알고 계십니까?"

"그래. 박철균, 그놈은 허언증 환자야. 자기가 돈 뿌리고 다닌 게 누군지도 정확히 몰라서 그냥 아무 유명인 이름이나 휘갈겨 쓴 거라고. 그중에는 내 이름뿐 아니라 현직 장관은 물론이고 대통령 이름도 있어. 그런데 나만 특정해서 수사하는 이유는 뭐지?"

"예전 기소 사건을 들여다보니 이전에도 이런 식의 돈이 오갔다는 식의 뉘앙스가 적힌 메모, 아니 메모도 아니죠. 총장님이 말씀하신 낙서 수준의 흔적을 대단한 증거 삼아 진술의 대상을 특정해서 정치인을 낙마시킨 사건도 있었습니다."

"무슨 사건."

"2년 전에 총장님이 수사하신 정치인 떡값 게이트요."

"자네 정말 장난하나."

"분명히 기억하시죠? 당시 장관 윤호식 씨, 그 인물한테 돈을 줬다던 가상화폐거래소 코인픽 대표의 진술, 그 진술만으로도 재판에 걸렸고, 그 재판은 지금도 항소심에서 계속되고 있습니다."

"……이봐, 백동수 검사."

"그 사건과 비교하면 이 건이 훨씬 더 결정적입니다. 박 대표가 죽기 한 달 전 현금으로 7억을 찾았습니다. 그 돈의 행방은 묘연하고, 그 당시 박 대표의 비밀 계정의 메모에는 온통 총장님 이름이 나옵니다. 그리고 총장님은 기자들을 만나셨고, 그 타이밍에 모비딕 펀드는 끝내 거래정지처분을 받았죠. 결국 배반당하고 돈줄이 막힌 박철균이 이를 못 견디고 자살했다는 식으로 엮이면, 이거야말로 지나칠 정도로 결정적인 거 아닌가요?"

"그건……."

"그냥 대답만 하시죠. 돈 받은 적 있습니까, 없습니까?"

"……."

"만약 안 받았다고 말하면 저는 또 이렇게 질문할 예정입니다. 돈을 직접 받은 게 아니라면 차명계좌를 이용했겠군요, 라고요."

"이런 미친 새끼……."

"여기에도 '아니다'라고 답하시면 저는 또 이렇게 질문해볼 예정입니다. 돈도 받지 않았는데 정치부 기자는 왜 따로 만나셨는지, 그게 어떤 의미죠, 라고요."

"하……."

"또 이렇게도 물을 예정입니다. 모비딕 펀드 조성에 배후로 활

약하셔서 대체 얼마를 챙기셨습니까, 라고요."

"……."

"그리고 마지막 한 가지, 총장님의 양심에 호소하는 감성적 질문도 추가할 계획입니다. 조 단위의 금융사기를 방조 내지는 개입한 혐의를 가진 검찰총장으로서 피해자들에게 하실 말씀 없냐고요. 기자 같은 질문이라고 저도 생각하지만, 가끔은 검찰 조서에 쓰면 효과가 좋더군요."

"너, 원하는 게 뭐야? 진짜 원하는 게 뭐냐고!"

"처음부터 말씀드렸을 텐데요. 저는 사실만을 원한다고요."

"지랄하고 자빠졌네. 너 지금 완전 소설 쓰고 있잖아."

"너무 불리하게만 생각하지 않으셨으면 좋겠습니다."

"뭐?"

"총장님만 그 메모에 적힌 게 아니잖습니까, 그렇죠?"

"당연하지."

"그런데…… 박 대표는 배임, 횡령죄를 무릅쓰면서까지 7억을 현금으로 찾아 어딘가에 모두 쏟아부었습니다."

"그래서?"

"그 메모에 적힌 인물 모두를 기소하거나 참고인으로 소환할 예정입니다."

"하…… 이것 봐, 백 검사. 내가 아까 말했잖아, 그 대단히 주관적인 메모엔 대통령에 국무총리, 야당 대표 이름도 적혀 있다고."

"제가 이 사건을 맡았으니, 당연히 누구든 조사하는 게 제 일이 아니겠습니까?"

잠시 숨을 고른 뒤 백동수가 말을 이었다. 준비된 차가움을 담아.

"그리고 이제, 진짜 중요한 쇼가 남았습니다."

*

다급한 표정으로 조사실 안으로 들어온 사람은 모비딕 펀드 피해자대책위원회 대표였다. 그는 혼자가 아니었다. 피켓을 들고 확성기를 붙잡고 금감원 앞에서 목 놓아 피해자 구제를 부르짖던 십여 명의 사람들이 다 함께 조사실로 들어섰다. 참고인으로 부른 것이니 거부할 수 있는 상황도 아니었다. 김병민은 이 황망한 상황을 전체적으로 둘러본 후 마지막으로 백동수를 바라봤다.

'대질신문까지 시도할 줄은 몰랐군.'

김병민은 이 상황을 어떻게 수습해야 할지 답이 보이지 않았다. 백동수에겐 조직의 질서, 검찰의 오랜 관행, 그런 식의 계산에 대한 개념 자체가 없는 듯했다. 하지만 한 가지 확실한 건 존재했다. 박철균은 죽었고, 피해자들은 넘쳐나고 있지만 이곳 서초동에선 누구도 이 펀드 사기에 대해선 문제 삼지 않으려 한다는 점. 백동수 한 사람을 제외하고는 말이다. 백동수가 피해자대책위원회 대표에게 말했다.

"이분은 김병민 검찰총장입니다."

"……예."

"이분과 박철균 대표가 만났다거나, 박 대표로부터 김병민 씨에 대한 언급이 나온 적이 있었습니까?"

"뭐…… 몇 번 언급되긴 했습니다."

"언제요?"

"같이 식사할 때나 사업설명회 때……."

김병민이 기가 막힌 얼굴로 이들의 진술을 도중에 자르면서 끼어들었다.

"박철균이 내 얘기를 한 것과 펀드 개입이 무슨 상관이지? 나는 공인이야! 툭하면 신문 1면에 오르내리는 사람이라고. 그런 사람을 씹어대는 것과 이 사건이 무슨 상관인데?"

핏대를 올리며 말을 이어가던 김병민이 피해자들을 바라봤다. 대표를 비롯해 모두 초점이 확실하지 않았다. 오랜 시간 도심지 땡볕 아래서 피켓시위를 벌인 탓에 얼굴빛은 모두 잿더미처럼 그을렸다. 하나같이 만성적인 환멸과 공포, 절망이 드리워져 있었다. 그들에겐 김병민과 박철균이 중요하지 않았다. 하루아침에 무너져 내린 삶에 대한 절망감, 가족에 대한 걱정뿐이었다.

조사실은 곧 난장판이 되었고, 피해자들에게서 아우성이 우후죽순처럼 터져 나왔다.

"이 사람이든 뭐든 난 상관없어요!"

"왜 수사를 안 하는 건데?"

"난 자식 대학 등록금까지 이 펀드에 넣는 통에 인생 조졌어……."

"집안 전체가 박살 났다고!"

"죽는 것도 못 하게 생겼어. 억울해서! 씨발, 어떻게 할 거냐고!"

*

"……백동수. 너 지금 뭐 하자는 거야?"

김병민이 참지 못하고 백동수 자리 앞으로 바싹 다가가 낮은 목소리로 말했다.

"피의자 조사 중이라고 몇 번을 말씀드려요. 박철균 대표하고 총장님의 접견은 식사 자리를 포함해 무려 세 번이나 됩니다. 이게 우연일까요?"

"미친 새끼! 무려 세 번이라니? 그냥 스치듯 만난 게 전부야. 그런 식으로 따지면 청와대는 물론 정치인, 언론인까지 박철균이 그놈하고 밥 한번 안 먹은 새끼가 있기는 해?"

"그런가요?"

"박철균하고는 그냥, 아주 잠깐 스치듯 있었던 거야. 그러니까 어떤 의미도 없는 자리였다, 이 말이지."

"아주 잠깐만 있었어도 기소장을 어떻게 쓰느냐에 따라 달라지겠죠."

"아, 씨발……."

"법을 공부할 때, 책상에 대가리 박고 고민했던 게 있어요. 왜 이렇게 허술할까, 왜 이렇게 곳곳에 재수 없을 정도로 구멍이 숭숭 뚫려 있을까."

"하고 싶은 말이 뭐야?"

"기왕 허술한 거, 더 허술하게 판을 키워보려고요. 뭐든 엮어야지 언론에서 이 사건에 관심을 가지겠죠."

"대단한 도덕심이라도 있어? 어차피 진짜 더러운 놈들은 잡지 못하고 피해자를 구제해줄 수도 없어."

"아주 속물적인 목적이지만, 저한테는 여기 계신 피해자분들 만큼이나 절박한 고민이 있어서요."

"……."

"살아남는 거요. 생존."

*

김병민은 백동수의 자리에 놓인 그의 핸드폰 액정에 눈길을 줬다. 오전 11시, 조사 네 시간째였다. 초 단위로 울리는 진동음. 메시지든 부재중 통화든, 때마다 창백한 액정의 빛도 어김없이 도드라졌다.

김병민은 어느 순간부터 백동수의 질문에 대해 답할 기운을 잃어버렸다. 거의 같은 질문이 반복되는 느낌이었다. 물론 김병민이 의도적으로 그런 건 아니었다. 불성실하게 굴려는 의도는 더더욱 아니었다. 김병민도 지금 이 조사에서 백동수가 자신을 제물 삼아 공소장을 작성했고, 검찰 쪽에 유리하게 협의를 몰고 가려는 진지함을 발견했기에 그에 대해 적극적으로 방어하려는 결심을 세웠다. 검찰총장이란 타이틀을 내세워도 305호 취조실에서 벗어날 수 없다는 걸 깨달은 이후부터는 백동수의 질문 하나하나에 반박하며 혐의를 부인했다. 하지만 백동수가 전통적인 심문 방식으로 김병민의 숨통을 조여오자 그는 점차 질문의 취지도 이해하기가 어려워졌다. 동시에 두려움과 불안이 엄습했다. 어떻게 답변해도 불성실해 보이고, 혐의를 부정하는 죄질이 극히 나쁜 범죄자가 되는 느낌이 들었다.

백동수가 조사한 파일 속 내용을 종합해보면 김병민은 지청 검사장 시절부터 친분이 있는 몇몇 기자들과 내통하며 벤처기업들의 탈세, 배임, 횡령 혐의에 대한 정보를 쥐고 관련 기업인들을 관리했다. 그 대가로 불법과 편법의 경계에 있는 내부 주가 정보를 취득, 기자들과 정보를 공유하며 이를 재산 증식의 수단으로 삼아왔다.

백동수의 조서에 의하면 김병민은 그런 인간이었다. 더욱이 박철균 대표는 스스로 목숨을 끊기 전 주가조작 혐의로 궁지에 몰렸을 때, 회삿돈 7억 원을 횡령, 이를 현금으로 전환해 김병민에게 청탁용으로 적어도 1억 원 이상의 비자금을 제공했는데, 김병민이 아무런 도움을 주지 않자 좌절하고 목숨을 끊었다. 그러므로 김병민에게는 미필적고의에 의한 살인 방조 혐의까지 있다는 식으로 백동수는 일관되게 심문하고 있었다. 그 논리의 통일성만큼은 압도적으로, 무엇을 이야기하든 결론이 같았다. 뇌물수수, 청탁금지법 위반, 김영란법 위반, 업무상 위계에 의한 정보 왜곡. 백동수가 잡아낸 혐의만도 이 엇비슷한 것들을 모두 묶어 열두 개가 넘었다. 김병민은 이 열두 개 혐의에 대한 사실관계를 확인하는 백동수의 질문에 어느 순간 자신을 변호할 의지를 잃어버린 것이다. 그런 김병민의 상태와 무관하게 백동수는 계속해서 질문하기를 멈추지 않았다. 여느 피의자, 참고인들에게 그랬던 것처럼.

"김병민 씨는 2019년 4월 29일에 조국일보 신 모 기자로부터 전화를 받았는데, 그 전화에서 바로 박철균 대표의 주가조작설에 대한 언급이 있었던 걸 기억하시나요?"

"김병민 씨는 2020년 2월 6일, 검찰총장 취임식 때 대통령과 독대 후 이뤄진 법무부 장관과의 대화에서 비리 기업인들을 가만두지 않겠다는 취지의 발언을 했는데, 박철균 대표의 당일 메모를 보면 그 비리 기업인이란 표현이 자신에게 즐겨 사용하던 말이었기에 자신을 표적 삼아 겁박한 신호라고 적었습니다. 이에 대해 어떻게 생각하나요?"

"김병민 씨는 검사장 재임 시절 각종 언론사 기자들과 골프 모임에 다수 참석한 것으로 알려져 있습니다. 근거 자료에 의하면 골프 모임 참석 이후 각종 경제신문에서 박철균 대표 기업 관련 기사들이 등장하는데 이를 우연의 일치로만 볼 수 있을까요? 그때 나눈 대화의 부적절함에 대해 인정하는 부분이 있을까요?"

"김병민 씨는……."

부끄러움

"이제 그만하지."

더는 참지 못하고 김병민이 행동에 나섰다. 서류를 작성하던 백동수의 노트북을 임의로 덮어버린 것이다. 백동수가 그제야 입을 다물고 질문을 멈췄다. 놀랍게도 백동수는 지금까지의 질문, 그리고 앞으로 남은 질문 개수를 기억하고 있었다.

"아직 질문이 남았는데요. 모두 아흔일곱 개 남았습니다."

"피의자에게도 인권이라는 게 있어."

"죄송합니다. 전 보고 배운 게 이것밖에 없어서 이렇게밖에 진행할 수 없는 점, 양해 바랍니다."

"……이래서 검찰개혁이 필요하다니까."

"그 개혁, 먼저 질문에 성실히 답하신 다음에 꼭 이루시면 좋겠습니다."

"이제 진짜…… 시간 낭비하지 않고 묻겠어."

"……."

"너, 백동수 검사."

"네. 말씀하십시오."

"원하는 게 뭐야. 요구사항을 말해봐."

"말씀드렸을 텐데요. 묻는 말에 성실히 대답하시는 거라고."

"야, 이 개새끼야!"

"불성실한 답변 태도는 녹취되고 있습니다. 이후 재판에서 증거자료로 제출하겠습니다."

"하, 그래. 알았어. 그럼 다르게 묻자."

"뭘 말입니까?"

"왜 이러는 거야. 너 아깝지 않아?"

"……."

"죽도록 공부해서 검사가 됐잖아. 서초동 리그에 마이너도 아니고 메이저로 들어왔고."

"그랬죠."

"넌 가진 게 없는 놈이야. 그런데 내 약점을 잡았으면 뭘 얻어내려고 해야지, 그 기회를 걷어차? 왜 정의의 사도 노릇을 하는 거야?"

"총장님, 요즘 국내 프로야구 안 보시죠?"

"야구?"

"한국 리그, 관중이 썰물처럼 빠져나가고 있습니다. 선수들의 불성실, 승부 조작, 형편없는 경기력 때문이죠."

"그래서?"

"서초동도 그렇게 되지 말란 법 없지 않나요? 조작이 만연하고 선수들은 썩을 만큼 고여 있고, 경기에 순수성은커녕 재미조차 없는데."

"……."

"입장을 바꿔서 이번엔 저한테 질문해주실래요?"

"뭘?"

"지금 제 기분이 어떻냐고요."

"기분……?"

"네. 질문하셨다 치고 제가 한마디로 압축해서 답해도 되겠습니까?"

"그래, 말해봐. 기분이 어떤데?"

"부끄럽습니다."

"뭐?"

"부끄럽다고요. 가장 공정해야만 할 이 리그의 민낯이."

잠시, 찰나지만 깊은 침묵이 흘렀다. 김병민이 그 찰나의 침묵을 견디지 못하고 헛기침을 했고, 그사이 백동수는 짧은 한숨을 내쉰 뒤 다시 노트북을 열며 말했다.

"계속해서 질문 이어가겠습니다."

서초동 리그

김병민 검찰총장 조사는 여타의 조사보다도 시간이 더 소요되었다. 아침 7시부터 시작된 조사는 한나절을 지나 밤까지 이어지더니 결국엔 다음 날 새벽 2시에야 마무리되었다.

기자들도 지친 기색이 역력했다. 대체 언제 끝나는 건지 알 수 없는 조사에 대해 추측과 예단을 남발했다. 선해용의 단독 기사를 제외하고, 김병민이 조사를 받는 동안 기자들이 쏟아낸 기사는 무려 2백여 개가 넘었다. 추측과 의혹만으로 쓰인 기사들은 하지만 그 나름의 설득력을 갖고 전개되었다. 압도적인 기사의 물량만큼이나 억측에 가까운 추징이 난무했지만 기사 내용을 가만히 읽어보면 모두 그럴듯했다. 청와대, 더 정확히 말해 대통령이 김병민을 기어이 버렸다는 논조는 기본이었고, 검찰 조직에서 전례를 찾아볼 수 없는 권력 다툼이 본격화되었다는 추측성 기사도 주목할 만한 조회 수를 기록했다. 하지만 그 정도로는 화제성이 부족했는지, 김병민이 쌓아온 이력에서 이상한 점이라든지 이번 검찰 조사의 배후에 법무부 장관 조민국의 입김이 작용했다든지 하는, 유력 관계자의 발언을 짜깁기한 기사도 만만찮게 쏟아졌다.

하지만 서울중앙지검 특수2부 소속의 백동수에 대해서는 별다른 후속 기사가 나오지 않았다. 백동수를 언급한 선해용만 우스운 꼴이 된 건 아닌지 싶을 정도로 백동수에 대한 주목도는 낮았다. 그렇지만 작은 관심의 불씨가 언론 곳곳에서 타오르기 시작했다. 시발점은 바로 모비딕 펀드였다. 물밑에서만 웅성거리고 수면 위로 절대 나오지 못하던 모비딕 펀드의 거대한 부정 의혹이 삽시간에 솟구치기 시작한 것이다.

김병민의 피의자 조사에 대질신문 자격으로 참석한 모비딕 피해자대책위원회 대표가 그 조사를 근거로 기자회견을 요청했고, 사안을 어떻게 다루느냐에 따라 엄청난 게이트로 비화할지도 모른다는 긴장감이 감돌기 시작했다. 이 와중에 언론만큼이나 검찰 조직, 청와대 모두 어처구니없는 이 사건을 백동수 검사의 단독행동으로 받아들이지 않았다. 청와대 민정수석실과 법무부에서는 그들이 김병민과 맺은 협상 외에 다른 변수나 이면 합의가 있었는지에 대한 정보 입수에 총력을 기울였다.

검찰 조직 내의 칼날은 온통 한동현을 향했다. 한동현의 쿠데타가 어떻게 전개될 것인지, 대검을 비롯한 고등과 중앙지검, 동시에 각 지청의 검사장 라인은 각자의 해석에 골몰했다. 그들이 알고 있는 정보는 한동현이 한발 물러섰다는 정도가 전부였다.

좀 더 쉽게 해석하면 여전히 청와대의 신임을 받고 있는 김병민을 아직은 내치지 말고 검찰 전체의 모양새가 흐트러지지 않게 하자는 기류가 지배적이었다. 갑자기 칼춤을 추려는 김병민을 자중시키기 위해 조직은 한동현이란 학연, 지연, 혈연의 삼박자 구색을 제법 튼실하게 갖춘 부장검사를 내세웠지만 아직은 쿠데타에 딱 맞는 때가 아니다. 그 정도가 검찰 내부에서 조율된 사항이었기에 명백히 선을 넘은 지금의 행위에 대해선 또 다른 해석의 틀이 필요했다. 그 해석의 열쇠를 쥔 건 오직 한동현이었기에 그에게 묻고 또 물었다.

한동현은 뭔가 자신이 놓치고 있는 게 있는지 점검해야 했다. 하지만 아무리 생각해봐도 백동수가 왜 이러는지 근본적인 해석이 안 되었다. 다만 밀려드는 것은 가슴을 옥죄는 답답함과 후회였다. 왜 백지 결재서류를 백동수에게 건네 일을 이 지경으로 만들었는지. 협박이든 회유든 어떤 식으로든 접촉하기 위해 백동수에게 전화를 걸고 메시지를 남기면 남길수록 한동현의 답답함은 더 증폭되어만 갔다. 문제의 당사자 백동수가 답을 하지 않기 때문이었다.

*

백동수의 어머니는 부러 텔레비전을 켜지 않았다. 남편을 앞서 보낸 뒤 그녀는 잠자리에서 일어나 눈만 뜨면 텔레비전부터 켜는 습관이 생겼다. 그리고 아들이 검사가 된 이후로는 생전 쳐다보지도 않던 뉴스 전문채널을 보기 시작했다. 혹시라도 사건 사고에 검사인 아들이 연루되진 않았을까 하는 마음에 그랬다. 아들과 함께 있을 때는 보지 않았지만, 혼자 있을 때는 습관적으로 항상 뉴스를 틀어뒀다. 하지만 오전 8시인 지금, 어머니는 아예 텔레비전을 켜지 않았다. 아들 백동수와 마주 보고 있기 때문이었다.

"텔레비전."

"응?"

"왜 안 봐? 지금 시간이면 뉴스 보잖아."

"머리 아프게 아침부터 뉴스는 무슨 뉴스야."

"봐도 돼. 나 때문에 그래?"

아침밥을 먹던 백동수가 어머니와 눈도 마주치지 않고 뱉은 말에 그녀가 답을 망설였다. 고봉으로 담은 밥이 빠른 속도로 비워졌다. 고개를 들어 어머니와 눈을 마주친 백동수가 말을 이었다.

"뉴스 봐도 돼. 나는 별로 안 나와."

"별로 안 나온다면서 이 시간에 왜 집에 왔어……."

"아침밥 먹으러 왔지. 뭐, 다른 이유가 있겠어?"

"자고 갈 거야?"

"아니. 밥 먹고 나가야 해."

"검사 일 어렵네."

"왜 그렇게 생각해?"

"야근도 모자라 밤까지 샜는데, 밥만 먹고 바로 출근해야 하니까."

"그런 것 때문에 힘든 거라면…… 행복할 것 같은데."

밥그릇을 비운 백동수가 미역국을 먹는 사이 어머니가 텔레비전을 틀었다. 예상대로 뉴스 전문채널에선 현직 검찰총장의 검찰 조사에 관한 기사가 이어졌다. 백동수가 독백하듯 말했다. 하지만 듣는 대상이 분명히 같은 공간에 존재하고 있기에 독백이라 보긴 어려웠다.

"총장이 검찰 조사받은 것만 충격적이고 신기하지, 피해자들 사연에 대해서는 일언반구, 가타부타 언급도 없어."

"난 아들 이름을 얘기 안 하는 게 더 신기하다."

"엄마는 어떻게 생각해?"

"뭘?"

"이거 정말 할 만한 일인 것 같아? 검사 짓."

"괜한 소리 말고 국이나 마저 먹어."

"……."

"밥 다 먹고 한숨 자고 가. 그럼 분명해질 거야."

"뭐가 분명해지는데?"

"아들이 하는 일이 할 만한 일인지."

"엄마, 우리…… 빚은 언제 갚을 수 있을까?"

"아버지 추징금 문제는 네가 해결해줬잖아. 법적으로 뭐, 어떻게 하면 된다고. 그러니 이제 거의 다 왔지. 왜, 갑자기 자신이 없어?"

"그러게, 자신이 없네."

"왜?"

"검사씩이나 돼서 엄마한테 효도는커녕 근심만 안겨주는 것 같아서. 이거, 계속해도 되는 일일까. 차라리 변호사로……."

"동수야, 백동수."

"갑자기 이름은 왜요?"

"넌 네 일을 해. 아무 눈치 보지 말고."

"……."

"그게 효도야."

어머니의 말에 백동수는 씩 웃음을 지었다. 그러고는 숟가락을 내려놓고 핸드폰을 집어 들고 자신의 방으로 들어갔다. 법 관련 서적들이 방 전체를 가득 메운 좁은 방이었다.

백동수는 의자에 앉아 짧은 한숨을 내쉰 뒤 핸드폰 액정에 손가락을 대고 화면을 열었다. 어제 아침부터 꼬박 하루가 지나고 처음 확인하는 것이었다.

수많은 부재중 통화와 메시지가 쌓여 있었다. 그것들을 백동수는 피하지 않고 오히려 차분히, 하나씩 확인했다. 메시지를 확인하던 중, 한 통의 메시지에 시선이 머물렀다. 백동수의 손놀림도 멈췄다. 누가 보냈는지는 중요하지 않았다. 백동수는 단지 한 가지 생각만 했다. 꽤 오랫동안 이 메시지가 내 눈, 내 기억에 남겠구나 하는 생각. 그것도 두고두고 역겨운 방향으로. 그 느낌이 중요했다. 지금, 그리고 앞으로의 백동수에게 분명 그랬다.

―이러지 말자. 같은 편끼리.

작가의 말

언젠가 사석에서 선배 작가가 지나가듯 했던 말이 새삼 기억납니다. "더는 소설 못 쓰겠어. 소설보다 현실이 더 소설 같아서 말이야"라는 말이었습니다. 굳이 그 선배가 한 말을 떠올리지 않아도 이 말은 이제 하나의 사회현상처럼 자리 잡은 듯 보입니다. 소설이든 시나리오든 현실의 밀도 혹은 세상에서 벌어지는 사건, 사고의 비상식을 이제는 따라잡지 못하는 것 같습니다. 그래서인지 언젠가부터 우리 작가들의 소설 쓰기가 사실주의에서 한 발 물러서거나, 아예 판타지를 표방하는 스타일이 대세가 된 것 같습니다. 그런데도 여전히 필자는 포기하지 못하는, 말하지 않으면 안 되겠다는 철 지난 욕심이 남은 것 같았습니다. 그래서 또, 한 편의 소설을 쓰게 되었네요.

강남도 그렇지만 서초동은 단지 서울특별시만이 아니라 한국을 대표하는 랜드마크로 자리매김했습니다. 사회 구성원 대부분이 동경하고 희망을 두는 장소로 말이죠. 그런데 정의구현을 목표로 하는 서초동을 바라보는 우리의 시선이 어느 때부터인가 냉소적으로 변한 걸 느끼게 되었습니다. 그래도 설마 했는데, 유전무죄, 무전유죄가 오히려 상식처럼 자리 잡은 게 아닐까 하는 우려가 사실이 된 것 같습니다. 왜 이렇게 되어야만 하는 걸까, 라는 어쩌면 철없고 물정 모르는 질문이 내내 필자의 머릿속에서 지워지지 않았고 그래서 이와 관련된 소극을 한번 준비해보는 게 어떨까 하는 객쩍은 의욕으로 발전된 것 같습니다.

이 소설은 그래서 풍자에 가깝습니다. 정치나 시사 평론이 아니라 한 걸음 떨어져서 전체를 조망해볼 수 있는 소설이란 그릇으로 우리네 웃픈 현실로 다가온 서초동 이야기를 나눠보고 싶었는지도 모릅니다. 비판이나 욕하는 것에만 그치지 말고 동시대를 살아가는 우리 삶의 다양성을 나름의 열린 시각으로 생각해보는 것도 유의미하지 않을까 하는 마음도 작용했고요.

『서초동 리그』는 한국 사회의 법조 현실을 그대로 묘사한 게 결코 아닙니다. 지금도 많은 법조인들이 최선을 다해 일하고 계시다는 걸 모르지 않습니다. 이 소설은 극히 일부를 다루고 있습니다. 우리 사회가 정한 규칙, 양심, 사회규범과 같은 것들의 집행자들이 혹여 이를 권력을 가진 기득권의 마음으로 접근하기 시작할 때 나타날 수 있는 흑화된 현실을 예측해보고자 했습니다. 그런데 한 가지 묘한 것은 이 예측이 점점 우리 사회의 한 단면을 투영한다는 생각이 드는 것입니다. 씁쓸한 마음을 지울 길 없습니다. 이 씁쓸함이 오랫동안 지워지지 않을 것 같아 마음이 더 무겁습니다.

그렇지만 『서초동 리그』는 어디까지나 소설입니다. 실제 법조계 현실과 맞지 않는 정서나 관습, 정보가 있을지 모릅니다. 소설을 소설로 봐달라고 당부하는 것이 더없이 송구스럽지만, 풍자의 측면에서 이 소설을 읽어봐주시고 오늘의 한국 사회, 이 기울어진 운동장에 대해 생각하셨으면 좋겠다는 마음, 조심스럽게 담아봅니다.

어려운 출판 현실에서 이번에도 접근하기 까다로운 작품의 출간을 흔쾌히 허락해주신 네오픽션 담당자 여러분께 머리 숙여 감사드립니다.

2021년 겨울 충무로에서

주원규

서초동 리그

초판 1쇄 인쇄일 2022년 1월 11일
초판 1쇄 발행일 2022년 1월 25일

지은이 주원규
펴낸이 정은영
편집 김보성 김정은 정사라
마케팅 최금순 오세미 김하은
제작 홍동근

펴낸곳 (주)자음과모음
출판등록 2001년 11월 28일 제2001-000259호
주소 10881 경기도 파주시 회동길 325-20
전화 편집부 (02)324-2347, 경영지원부 (02)325-6047
팩스 편집부 (02)324-2348, 경영지원부 (02)2648-1311
이메일 neofiction@jamobook.com

ISBN 978-89-544-4801-7 (03810)